Sabine Sobotka

SLAM-GESCHICHTEN DIE DAS LEBEN SCHREIBT

Episode 1

12 plus 1 PoetrySlam-Gedichte
(und was drumherum geschah)

Herausgeberin, Autorin, Lektorin: Sabine Sobotka
Layout und Covergestaltung: Katrin Weber
Fotos: Herbert Habeler, Helmut Prochart, Christian »Schreibi« Schreibmüller
Druck und Bindung: Create Space / Amazon.com

2. Auflage (2017)
ISBN: 978-1530798445

Inhaltsverzeichnis

Vorwort

Und, was hast du gestern Abend gemacht?
Ich hatte einen Auftritt.
Cool! Bist du Sängerin?
Nein.
Schauspielerin?
Nein.
Hast du eine Band?
Nein.
Ähm... was machst du dann?
Ich mach Poetry Slam.
Du machst was?
Poetry Slam.
Nochmal bitte ...?
»Poh-et-ri-Slämm!«
Aha. Klingt anstrengend.

Kaum zu glauben:
Seit 20 Jahren gibt es Dichterwettstreits im deutschsprachigen Raum – und nach wie vor haben viele Menschen noch nie von Poetry Slam gehört. Na gut, fairerweise hier mein Geständnis: Bis vor zwei Jahren kannte ich diese Kunstform selbst noch nicht. Aber dann hab ich mich verliebt!
Hals über Kopf. Crash, Boom, Bang.

In Lyrik- und Prosatexte, die etwa fünf Minuten dauern.
In das Scheinwerferlicht. In kleinere und größere Bühnen.
In eigenwillige Mikrofonständer. In Lampenfiebersymptome von A wie Atemnot bis Z wie Zittern.
In den Applaus, der dich auf und von der Bühne trägt.
In diesen klitzekleinen Moment, wenn dein Text zu Ende ist aber nur du das weißt und das Publikum immer noch gebannt an deinen Lippen hängt.

In die »Slamily« und ihre Literatur, die so hip geworden ist, dass Jung und Alt sogar Tickets kaufen und vor Lokalen Schlange stehen um live zu erleben, was wir zu sagen haben.

Ha – in your face, Netflix und Konsorten:
Offline-Entertainment ist wieder in ;-)

Slam-Texte werden ja für Bühnen und den Eigengebrauch geschrieben. Aber warum diese künstliche Verknappung? Wieviel wertvolle Literatur bleibt der Welt da verborgen? Vielleicht wollen unsere Texte ja auch anderswo gelesen werden?

Zugegeben, anfangs hab ich mir darüber keine Gedanken gemacht. Doch ich wurde nach fast jedem Auftritt angesprochen und gefragt: »Kann ich diesen Text bitte irgendwo nachlesen?«

Also gründete ich bald einen Blog, der sich tatsächlich über Ländergrenzen hinweg zunehmender Beliebtheit erfreute. Und ja, den gibt es noch.

Bei aller Online-Affinität gehöre ich allerdings immer noch einer Generation an, die mit echten Büchern aufgewachsen ist und solche bis heute dem Bildschirmlesen vorzieht.

Und als eines Tages ein lieber Freund meinte, ich könnte doch einmal ein Buch mit meinen Slam-Texten schreiben, war die Idee für »Episode 1« geboren. Das Ergebnis hältst du in der Hand.

Möge die Lesefreude mit dir sein ;-)

Ich glaub, ich hab Reimfieber!

Ein ganz normaler Tag schien in einen ganz normalen Abend überzugehen. Ich surfte durchs Netz und stolperte über ein neues Video der derzeit extrem populären deutschen Poetry-Slammerin Julia Engelmann. Muss gestehen, dass mir das Video »One day«, das damals so gehyped wurde und *ich-weiß-nicht-wieviel-Millionen* Klicks auf YouTube bekommen hat, nicht soooo besonders gefallen hat. Trotzdem sah ich mir nun das neue Video »Stille Wasser sind attraktiv« an – und war wirklich beeindruckt.

Etwa zwei Stunden später saß ich beim Abendessen. Und während ich so vor mich hinkaute stellte ich fest, dass sich all meine Gedanken zu reimen begannen. Ich legte die Gabel weg, startete den Laptop und fing an zu schreiben. Dabei dachte ich nicht eine Sekunde nach. Es war fast so, als würden die Worte von ganz alleine in die Tasten fließen. Nach 20 Minuten lehnte ich mich zurück und las mir durch, was ich da gerade fabriziert hatte.

Ich glaub das ist gut. Woher kam das jetzt bloß?!
Seit wann reime ich? Und ist der Text wirklich gut?

Ich brauchte objektive Meinungen, also schickte ich diese Zeilen an meine zwei liebsten Kritiker mit der Bitte um Feedback. Dann klappte ich den Laptop zu und vergaß das Ganze. Am nächsten Morgen: Zwei Nachrichten.

1) Große Schwester: »DAS IST DER HAMMER!!!!!«
2) Schnitzi: »Gefällt mir! Mach ein cooles Video und so dazu!«

Du willst wissen, was bei meinem ersten Reimfieber-Anfall herausgekommen ist? Ein Text namens »Große Fragen«...

Text 1: Große Fragen

Manchmal steckt mein Geist in Schranken,
doch bevor ich mich's verseh
reimen sich meine Gedanken
und ich merk, dass ich drauf steh
im Flow zu sein, mich hinzugeben
einfach so an dieses Leben.

Doch ich mach das nicht wie andere
hetze nicht von Club zu Bar,
schlag mir nicht Nächte um die Ohren
die meisten finden das sonderbar:

«Raus mit dir, du musst doch leben!«,
sagen sie und meinen's gut
weil sie nicht verstehen können,
dass das jemand nicht gern tut...

...also Party machen, saufen,
sich ein zweites Smartphone kaufen
um nur ja nichts zu verpassen,
sich kein Event entgehen zu lassen!

Ist okay wenn's dir gefällt,
jeder ist sein eigener Held –
bei mir sieht's eben anders aus
ich bin lieber ruhig zuhaus

und lass meine Gedanken schweifen
lass meine Finger durchs Fell
meiner Katze streifen
denn ich brauch Stille –

um den Ruf zu hören, der mich sucht...
ihr braucht euch nicht dran stören!

Ich stoß dazu, wenn ich soweit bin
erst geb ich mich dem Träumen hin,
dem Denken und Philosophieren
das ist nichts schwer –
ihr könnt's probieren!

Ich trau mich oft nicht, das zu sagen
was ich wirklich denke weil's
nicht zu dem passt
was ihr gern hören wollt,
sehen wollt, verstehen wollt.

Denn wer hat heut noch Zeit zum Denken?
Soll uns doch die Werbung lenken,
uns sagen was wir kaufen sollen
egal, ob wir das wirklich wollen.

Wenn's alle machen, ist's wohl cool -
mich haut das eher nicht vom Stuhl.
Ich denk dann meistens »*WhatTheF**k?!*
Was zur Hölle geht hier ab?«

Alle machen nur dasselbe
auf der Bühne des Lebens aber
ist das das Gelbe vom Ei
oder doch einerlei?
Was ist mit den großen Fragen?
Was machen wir an schlechten Tagen?

Reicht es wirklich, viel zu feiern
um die Zukunft zu verschleiern,

die wir vermutlich gar nicht kriegen
weil Politiker uns belügen
und sich dabei ins Fäustchen lachen,
dass wir so dumm sind und mitmachen?

Dass wir ihre Fehler büßen
und ihnen die Ärsche küssen
dafür, dass sie uns ausbeuten
ich frag mich:
Was stimmt nicht mit den Leuten?
Warum schreit hier niemand »Nein!?«
Muss das alles wirklich sein?

Oder können wir es drehen?
Die Welt neu gestalten
und sie so sehen
wie sie ist –
nämlich ein Geschenk,
das wir zum Leben brauchen
auch wenn's dafür keine App gibt.

Macht die Augen auf,
seht die Natur –
die braucht keine Party,
sie ist einfach nur

und zwar so viel weiser
als wir es noch sind...
wir haben das mal gelernt
als Kind
aber längst verdrängt,
denn was sollen wir schon tun
als Einzelpersonen?
Also lassen wir es ruhen.

Sollen sich andere doch scheren
um die Umwelt und so...
doch wenn wir uns nicht wehren,
ist das Ende der Show
nicht mehr weit.

Dann wird's knallen -
und Facebook wird uns nicht retten.
Sollte euch nicht gefallen,
also reißt euch von den Ketten

die euren Verstand kontrollieren,
ihn auf Sparflamme halten –
damit die Großen ihre Macht nicht verlieren,
müssen sie euch verwalten!

Wehrt euch dagegen
sagt endlich »Nein!«,
denkt nach, was wirklich zählt
und setzt euch dafür ein.

Ich lass das jetzt so stehen...
und wenn's euch gefällt
dann sucht mich und lasst uns gehen –
gemeinsam verändern wir die Welt.

Mein erstes Mal

Ende März entdeckte ich (zufällig?) einen Flyer, auf dem »Open Mic Sessions« an meiner Hochschule beworben wurden. Obwohl es bei diesen monatlichen Treffen ums Musizieren ging, schrieb ich aus Neugier und Übermut ein Mail an die Veranstalter, ob ich dort auch hinkommen dürfte wenn ich, anstatt zu singen, einen Poetry Slam-Text performen wollte. Noch am selben Tag kam eine begeisterte Zusage. Ich war wirklich überrascht.

Mein Kumpel Schnitzi meinte dazu nur: »Kennst du Zeichen? Das ist eines!« Also hieß es jetzt: Text lernen!

Anfang April war es soweit.
Hätte mich meine große Schwester an diesem Abend nicht zur moralischen Unterstützung begleitet, ich wäre beinhart sitzen geblieben als mein Name aufgerufen wurde! Mein Herz sprang fast durch den Brustkorb und ich zitterte am ganzen Körper, doch meine Beine nahmen unbeirrt Kurs auf die Bühne.

Challenge Nummer eins: Das Mikrofon.
Ich traute mich nicht mal, es zu berühren, also stand ich da wie angewurzelt und versuchte, dabei halbwegs entspannt zu wirken. Keine Ahnung wie's tatsächlich aussah – bevor ich länger nachdenken konnte, hörte ich mich schon sprechen. Mein Blick wanderte durch die Zuschauerreihen und ich stellte fest, dass der ganze Saal an meinen Lippen hing: Kein Getuschel, am-Handy-rumwischen, Rascheln, Sesselrücken,... nichts. Nur meine Stimme und ein Haufen aufmerksamer Augenpaare.

Challenge Nummer zwei: Die Luft.
Ich war so nervös und konzentriert, dass ich scheinbar ein paar Mal aufs Ausatmen vergessen hatte, denn mitten im Text

hatte ich das Gefühl: »Jetzt kipp ich um.« Interessanterweise bekam das niemand mit – und ich bin auch nicht umgefallen.

Challenge Nummer drei: Das Ende.
Ich hatte mir nicht überlegt, was ich machen sollte nachdem ich fertig war. Mein Ziel bestand darin, den Text vorzutragen.
Aber was dann?!
Kopf senken und weggehen?
Grinsen und warten?
»Danke« sagen?
»Wohoooo, ich lebe noch!« rufen?
Hm. Es war so gespenstisch still im Raum, man hätte eine Stecknadel fallen hören können.

Ich starrte ins Publikum und die Leute starrten zurück. Das Ganze erschien mir wie diese bangen Sekunden zwischen Blitz und Donner, wenn man so lange im Kopf zählt bis es kracht. Ich hielt die Spannung nicht länger aus und entschied mich, ein »Danke« ins Mikrofon zu flüstern – denn völlig egal was jetzt passieren sollte, *alles* wäre besser als diese beklemmende Stille.

Es kam Applaus. Es kamen begeisterte Pfiffe. Es kamen Jubelrufe. Personen, die ich nicht kannte, klopften mir auf die Schulter, strahlten mich an und redeten auf mich ein. Meine Schwester hat Tränen in den Augen. Und ich ebenfalls.
Gefühls-Cocktail!

Ich ließ mich auf meinen Sessel fallen und zitterte fast mehr als zuvor, aber diesmal vor Erleichterung. Sah mir noch zwei Musikperformances an, beantwortete ein paar Fragen und verließ das Gebäude um gefühlte zehn Zentimeter größer :-)

Fazit: Feuertaufe bestanden!

»Da fehlt der Beat ...!«

Als bei mir das Reimfieber ausbrach, gab es da gerade seit ein paar Wochen diesen Typen in meinem Leben. Ich war zwar der Meinung, wir wären irgendwie zusammen (zumindest sprach von außen betrachtet nichts dagegen), aber so wie er sich verhielt war ich mir da nicht sicher. Er war seltsam unnahbar. Eben noch hatte er um mich geworben, und jetzt wo ich ihm quasi ins Netz gegangen war, schien sein Interesse schon wieder zu schwinden.
Er redete nicht über Privates, Gefühle, seine Vergangenheit oder seine Familie sondern nur über die Arbeit und Oberflächliches. Naja, dachte ich mir, vielleicht muss er erst auftauen... ich weiß ja nicht, was er erlebt hat, bevor wir uns kennenlernten.

An dem Tag, als ich meinen Mut zusammennahm, ihm »Große Fragen« zu lesen gab und sogar vortrug, saß er da, hörte zu, schwieg eine Weile und meinte dann:

»Da fehlt der Beat, find ich.«

Ich erklärte ihm, dass das Poesie sei und kein Hip Hop. Dass es um den Text ginge und nicht um den Hintergrundsound. Für ihn als Schlagzeuger schwer zu begreifen, und ich, die zu diesem Zeitpunkt noch total unsicher war, ob das was ich da machte »etwas kann«, konnte seinem Feedback wenig Positives abgewinnen.

Er musste an diesem Abend arbeiten.
Ich saß daheim und tat, was ich meistens tat: Mir Gedanken machen. Über das Leben. Und darüber, was ich eigentlich wollte.

Da kam der nächste Fieberschub...

Text 2: Ich will

Diese unsichtbaren Mauern!
Ständig laufe ich dagegen...
Dämonen scheinen drauf zu lauern
dass ich versuch, mich zu bewegen
auf unbekanntes Land,
das mehr Lebendigkeit verspricht.
Komm schon, gib mir deine Hand
schau mir einfach ins Gesicht!

Ich will, dass du dich fragst
was du dich noch nie gefragt hast und
ich wünsch mir, dass du sagst
was du noch niemandem gesagt hast...

Oberflächen abzuchecken
das entspricht unsrer Kultur –
doch warum wollen wir uns verstecken?
Wohin führt uns die Zensur?
Woher kommt bloß diese Angst
unsere Masken fallen zu lassen?
Wenn du mir zeigst, dass du auch schwankst,
würd ich dich doch nicht verlassen!

Im Gegenteil – es wär so schön
deinen Schatten klar zu seh'n...
dann würd auch ich mich freier fühlen
hätt keine Angst, mich zu verkühlen
wenn ich mal all das da sein lasse
wofür ich mich oft heimlich hasse,
was ich versuch, keinem zu zeigen
doch mein Herz, das will nicht schweigen.

Das kann sich nicht zufrieden geben
mit dem was war, es will erleben
was möglich ist wenn wir es wagen,
uns all das ins Gesicht zu sagen
was wir uns wünschen und so denken
anstatt uns ständig abzulenken!

Schalt den Fernseher heut nicht ein,
bring mich heut mal nicht zum Lachen.
Ich will kein Spielverderber sein
doch lass uns jetzt was anderes machen...

Nein, wir gehen nicht ins Bett
klar, das wäre auch recht nett
doch ich will reden –
denn die Fäden
an denen wir baumeln,
die lösen sich auf.
Und ich will nicht nur taumeln
im Frust bis ich ersauf
im Strudel einsamer Gedanken
die sich dir entgegenranken
ohne, dass du es erkennst
weil du schon wieder friedlich pennst!

Nein, heut geb ich keine Ruh
hör mir bitte einfach zu,
bleibe wach und schlaf nicht ein
das muss uns beiden wichtig sein...

Ich will, dass du dich fragst
was du dich noch nie gefragt hast und
ich wünsch mir, dass du sagst
was du mir noch nicht gesagt hast:

Ich will wissen was du fühlst.
Wer bin ich eigentlich für dich?
Ich will wissen was du willst.
Denn viel zu oft da frag ich mich:

Haben du und ich ein Ziel
oder ist das bloß ein Spiel
auf Zeit?
Also ich wär schon bereit
mich noch tiefer einzulassen –
ich glaub, ich würde was verpassen
wenn ich's nicht wenigstens probier...
aber schaff ich das mit dir?
Wagst du das Experiment
das mir so auf der Seele brennt?

Schenk mir was von deinem Leben
ich werd dir was von meinem geben –
ich find das ist ein fairer Deal
und außer Mut kostet's nicht viel.

Ich will wissen, wer du bist
wenn du einfach mal vergisst
was bisher war in deinem Leben...
tu so, als würd's nur den Augenblick geben!

Jetzt wär's schön, wenn du dich fragst
was du dich noch nie gefragt hast denn
ich wünsch mir, dass du sagst
was du noch niemandem gesagt hast,
aber nicht mit dem Verstand!
Der kann für uns grad gar nichts tun
außer die Mauern zu verstärken,
die gegen echte Nähe werken.

In mir drin ist so viel Liebe
will sie teilen, will sie schenken
und mir nicht vor lauter Coolness
meinen Herzmuskel verrenken!

Ich weiß, ich kann mich jetzt blamieren
und trotzdem muss ich es riskieren,
wenn ich die Wahrheit wissen will...
du siehst mich an, ich werde still
schließ meine Augen, atme aus –
und jetzt lass ich's einfach raus:

»Weißt du: Ich bin nur ein Mädchen,
das vor einem Jungen steht
und ihn bittet, es zu lieben.
Denn noch ist's dafür nicht zu spät ...«

Auftritt ohne Socken

Bestärkt durch das tolle Feedback der Open-Mic-Session begann ich ein wenig zu recherchieren, ob es in meiner Stadt so etwas wie Poetry Slam Locations gibt. Und ich war erstaunt, wie groß die heimische Szene bereits ist! So hatte ich mich kurzerhand zur Teilnahme an der nächsten Veranstaltung angemeldet, Familie und Freunde eingeladen und zog an besagtem Abend voll motiviert los.

Es war ein richtig schöner Frühlingstag gewesen, doch als ich an der Bushaltestelle stand, brach ein Weltuntergangs-Gewitter aus und es regnete in Strömen. Es wurde auch langsam dunkel. Ich hatte keine Ahnung wo genau ich war und rannte eine Weile kreuz und quer durch die Gegend. Völlig durchnässt fand und betrat ich schließlich das Lokal. Etwas verloren bewegte ich mich in Richtung Bar um herauszufinden, bei wem ich mich hier melden sollte wenn ich auftreten wollte. Der Barkeeper deutet in Richtung Bühne. Ich kam mit ein paar Leuten ins Reden und stellte fest, dass die meisten Anwesenden (und so viele waren das nicht) nur zum Zuhören da waren.

Meine Stiefel, so wusste ich nun, waren nicht wasserdicht. Ich hatte klitschnasse Füße – so wollte ich nicht auf der Bühne stehen! Also ging ich auf die Toilette, zog meine durchnässten Socken aus und stopfte mir mehrere Lagen Klopapier in die Schuhe weil mir kalt war. Beim Händewaschen schaute ich in den Spiegel und versuchte, meine zerzausten Haare zu bändigen. Dann träufelte ich ein paar Bachblüten-Notfalltropfen auf meine Zunge, um die zunehmende Nervosität zu dämpfen (ja, andere würden sich Mut antrinken, aber das ist nicht meins) und ging wieder zurück ins Lokal. Mittlerweile waren meine Leute eingetroffen und ich war verdammt erleichtert, endlich bekannte Gesichter zu sehen.

Aufgrund der zu geringen Anzahl an Teilnehmenden wurde es kein richtiger Poetry Slam mit Publikumswertungen, Ranking und Siegerehrung sondern einfach ein gemütlicher Abend ohne Wettbewerb, der deutlich machte, wie unterschiedlich Slam-PoetInnen sind: Manche reimten, andere lasen die Texte einfach vor, und alle wirkten auf ihre Art authentisch und erfahren. Ich lauschte, lachte und staunte vor mich hin.

Als ich bemerkte, dass ich die Nächste auf der Liste war, fing mein Herz wie verrückt zu schlagen an und ich schlang die Arme von Schnitzi ganz eng um meinen Brustkorb, um mich zu beruhigen. Dann wurde mein Name aufgerufen, Leute applaudierten und plötzlich stand ich im Scheinwerferlicht. Irgendwie ging alles sehr schnell. Ich trug meinen Text vor und bemühte mich, vor Aufregung nicht zu schnell zu sprechen. Mit dem Atmen kam ich diesmal besser klar und ich genoss die aufmerksamen Blicke der Zuschauer. Einzig das Mikro war an diesem Abend nicht mein Freund, denn es quietschte an manchen Stellen und das ließ mich jedes Mal zusammenzucken. Trotzdem gelang mir eine fehlerfreie Performance.

Fertig. Danke. Applaus. Glückwünsche. Erleichterung. Nach dem letzten Beitrag des Abends und ein wenig Smalltalk machte ich mich wieder auf den Heimweg. Ohne Socken, aber glücklich.

Und ein paar Wochen später war ich dann auch bei einem richtigen Poetry Slam-Wettbewerb...

Erster Slam – erster Sieg

Ich hatte es mir ganz klein vorgestellt.
Ein Mini-Event mit zwei bis drei Teilnehmenden. Höchstens. Und nach einer halben Stunde wäre es vorbei, ohne dass mehr als zehn Leute davon Notiz genommen hätten. Fehlanzeige!

Mit meinen Texten in der Tasche spazierte ich durch die Mensa, drückte die Tür zum Innenhof auf und glaubte, mich trifft der Schlag: Da... saß... SIE!!! Die bekannteste Slammerin des Landes! Auf einer Heurigenbank, lachte und scherzte mit Leuten die ich nicht kannte und kaute genüsslich an einem Weckerl herum.

OMG!

Ich marschierte so gefasst wie möglich auf den Moderator zu, den ich ja schon vom Workshop kannte und der gerade den Soundcheck machte. Dass er mich sofort erkannte und begrüßte, entspannte mich ein wenig. »Komm mit«, sagte er, schob mich vor sich her in Richtung der anderen und fragte laut:

»Darf ich euch jemanden vorstellen?«

Sie (!!) grinste mich an, stand auf, stellte sich mit ihrem offiziellen Vornamen vor und schüttelte mir die Hand. Einer nach dem anderen stand ebenfalls auf und begrüßte mich – damals war mir zum Glück nicht klar, dass ich gerade mit einigen der erfolgreichsten nationalen Slam-PoetInnen zusammenstand und mich gleich in einem echten Slam-Battle mit ihnen messen würde.

Ich setzte meinen Namen auf die Teilnahmeliste und machte es mir mit meiner Schwester, die wieder zur moralischen Unterstützung mit dabei war, auf der Bank neben ihr (!!) gemütlich.

Die Sonne kämpfte sich durch die Wolken und ich war aufgeregt. Das Publikum ließ sich anfangs tatsächlich an einer Hand abzählen, aber wir starteten trotzdem. Der Moderator erklärte die Spielregeln und sorgte mit Sprechchören und Applaus-Übungssequenzen für Stimmung.

1. Runde: Acht PoetInnen traten im k.o.-System, welches gelost wird, gegeneinander an. Per Publikumsvoting wurde entschieden, wer in die nächste Runde aufsteigen durfte. Und mein Text »Ich will« kam so gut an, dass ich aufstieg. Juhu!

2. Runde: Vier PoetInnen, wieder k.o.-System, wieder Publikumsvoting. Diesmal trug ich »Große Fragen« vor. Ich kam erneut weiter und konnte es nicht glauben – hatte ich gerade wirklich die Grande Dame der Szene aus dem Rennen gekickt?!

3. Runde: Finale. Jetzt waren wir nur noch zu zweit. Ich hatte zwar noch einen Text übrig, den ich extra zum Thema dieser Veranstaltung (»Hin- und Herkunft«) geschrieben hatte, aber den konnte ich nicht auswendig. Mit dem Zettel in der Hand zitterte ich so stark dass ich wohl aussah, als hätte ich einen Parkinsonanfall.

Mein Kontrahent war großartig. Ich liebte seine Geschichte, seinen Vortragsstil, seine Mimik und Gestik – also ich hätte definitiv für ihn gevotet! Doch das mittlerweile stark gewachsene Publikum entschied sich für... ein Unentschieden. Ja, wir bekamen beide einen Extrapunkt verliehen und hatten somit Punktegleichstand!

Da es sich für mich hier um ein Heimspiel handelte, überließ mir mein Mitstreiter die Trophäe für den 1. Platz.

Fotoshooting, Glückwünsche, Geschenkeverteilung, Danksagungen, Small-Talk, positives Feedback,... ich kam aus dem Grinsen und Staunen fast nicht mehr heraus.

Was ist denn da bitte los?

Ich matche mich nichtsahnend mit großartigen Leuten, die seit Jahren auf (inter)nationalen Bühnen stehen und gehe mit dem 1. Platz nach Hause?!

Endorphinrausch pur :-D

Da fällt mir ein... meinen Finaltext kennt ihr ja noch gar nicht: Das Motto des Slams lautete »Hin- und Herkunft«. Und so entstand mein erster Mitmach-Text (das Publikum wird hierbei zur Interaktion aufgefordert und soll im Laufe der Performance gewisse Wörter beisteuern – in diesem Fall: »Wacht auf!«).

Text 3: Wacht auf

Wo kommen wir her
und wo wollen wir hin?

Diese Frage macht nur Sinn
wenn wir auch sehen,
wo wir im Augenblick stehen
bevor wir einfach weitergehen...

Die meisten von uns erkennen's noch nicht
doch die Welt ist längst aus dem Gleichgewicht
und es passieren so viele Sachen,
die mich ziemlich traurig machen:

Unser Gewand wird produziert
in Asien und exportiert.
Kunststoff-Fasern irritieren die Haut
die Farben sind toxisch, doch darauf wird nicht geschaut.

Unser Essen macht uns kaputt
dank Chemie schmeckt's trotzdem gut!
Im Grundwasser gibt's Schwermetall
und Antibiotika im Hühnerstall.

Pestizide im Gemüse,
Feinstaub in der Luft,...
aber das passt schon, niemand wird böse
wenn man den Grenzwert höherstuft.

Allergien wohin man schaut,
Gütesiegeln wird blind vertraut,
Duschgels und Bier mit Plastik (!) drin,
Konzernpolitik, CO2, Kerosin,...

Wir werden vergiftet
und zwar mit System...
doch wir wehren uns nicht,
denn wir sind zu bequem!
Die Wirtschaft lacht
und der Mensch geht drauf –
Leute? Wacht auf!
Es geht nicht um Hin- oder Herkunft
sondern um Ankunft,
um den Gebrauch der Vernunft
denn das hier hat keine Zukunft.

Elektrozeug kaufen,
sich die Birne wegsaufen,
um Schnäppchen raufen
und Trends nachlaufen.

Fernsehen in HD, Kino in 3D,
Filme auf Blu-Ray und schon
kommt der nächste Schmäh wie
biegsame Handies und Google-Brillen –
wann hört das auf, um Himmels Willen?

Die Technikreligion
sie hat uns alle schon
zu Sklaven gemacht
still und heimlich über Nacht.

Wir werden verführt
und zwar mit System...
doch wir wehren uns nicht,
denn wir sind zu bequem!
Die Wirtschaft lacht
und die Erde geht drauf –
Leute? Wacht auf!

Es geht nicht um Hin- oder Herkunft
sondern um Ankunft,
um den Gebrauch der Vernunft
denn das hier hat keine Zukunft.

Die Tage sie laufen
uns fast übern Haufen,
sind voll mit Terminen.
Noch sind wir auf Schienen
doch wie lange geht das gut?

Kriegt ihr noch mit, was ihr so tut?
Warum haben wir's so eilig?
Sind uns die falschen Dinge heilig?
Die Lebenserwartung wird immer länger
und der Zeitplan? Trotzdem enger!

Was ist fake und was ist echt?
Sich das zu fragen wär nicht schlecht.
Wo kommt das her, wo führt's mich hin
und wo versteckt sich bloß der Sinn?

Wir werden gestresst
und zwar mit System...
doch wir wehren uns nicht,
denn wir sind zu bequem!
Die Wirtschaft lacht
und der Mensch geht drauf –
Leute? Wacht auf!
Es geht nicht um Hin- oder Herkunft
sondern um Ankunft,
um den Gebrauch der Vernunft
denn das hier hat keine Zukunft.

Ich will euch gar nicht deprimieren
doch wir sollten echt kapieren,
dass wir etwas ändern müssen –
denn warum sollen die Kinder büßen?
Intrigen, Armut, Korruption
gezielte Genmanipulation
Regenwaldsterben und Ozon
die Medien sind voll davon!

Wir regen uns zwar manchmal auf
lassen den Dingen aber doch ihren Lauf:
Artensterben, Erderwärmung,
Inflation und Fernsehwerbung,
Geheimabkommen, Datenklau,
Krieg und Atom-Supergau.

Terror, Machtgier, Lügen, Geld,
Mord und Totschlag,... diese Welt
in der wir leben
die hat man uns umsonst gegeben
wenn wir zu faul sind um zu handeln,
wird sich nichts zum Besseren wandeln
doch:

Wir können was ändern –
und zwar mit System!
Denn wenn wir uns wehren,
wird das unbequem
für die Wirtschaft
doch für die Erde geht's bergauf...
Leute? Wacht auf!
Es geht nicht um Hin- oder Herkunft
sondern um Ankunft,
um den Gebrauch der Vernunft
und zwar für unsere Zukunft.

Inspiration

Wenn meine Seminarzeiten es zuließen (Slam-Veranstaltungen finden meist an Wochentagen statt und starten erst zum Hauptabendprogramm. Mit Pausen und mehreren Runden bis zum Finale kommt man da selten vor Mitternacht ins Bett – und das ist eher spät, wenn am nächsten Morgen gegen 6.00 Uhr der Wecker läutet), besuchte ich nun immer öfter Slam-Veranstaltungen. Es ging mir anfangs weniger ums Teilnehmen sondern hauptsächlich darum, mir Inspiration zu holen. Denn die drei Texte, die ich bislang vorzuweisen hatte, würden mich nicht allzu weit bringen – es musste also neues Material her!

Was ich am Poetry Slam so liebe ist die Textvielfalt. Klar, gewisse Themen kommen immer wieder vor, aber die Art und Weise der Performance, die Pointen, die Botschaften dahinter und die Bühnenpräsenz der Vortragenden machen jede Darbietung einzigartig.

Ich ging also zu Slams, um in den Schreibfluss zu kommen. Das funktionierte mitunter besser und schneller als gewollt – so musste ich oft schon frühzeitig die Veranstaltung verlassen, um sich förmlich überschlagende Reime aus meinem Kopf herauszuschreiben. Denn egal, wie sicher ich mir anfangs noch war, dass ich mich an einen eben gedachten coolen Vierzeiler zwei Stunden später noch erinnern könnte – die Erkenntnis, dass die Textbausteine ganz rasch wieder zerbröselten hatte mich gelehrt, nie mehr ohne Stift und Zettel unterwegs zu sein.

Wenn es mich überkommt, dann zählt jede Sekunde. Dann schreibe ich sogar während ich gehe. Andere tippen in ihre Handies und werden blind für alles andere, ich kritzle auf Zettel, die ich alle paar Meter wahlweise auf Parkbänke lege bzw. gegen Laternenmasten, Hausmauern, Fensterscheiben, Bäume, den Boden, meinen Oberschenkel oder in die Handinnenfläche drücke. Zum Glück kann ich mein chaotisches Gekritzel daheim noch entziffern, und meist digitalisiere ich es auch sofort, bevor die Notizen irgendwo verschwinden. Das passiert nämlich erstaunlich oft, obwohl ich grundsätzlich sehr gut auf meine Sachen aufpasse. So muss ich auch heute noch immer wieder schmunzeln, wenn ich plötzlich auf verschollene Zettel stoße und mich frage: *Hey cool, wann und wo hab ich das denn geschrieben?!*

Meist kommt das Reimfieber genau dann, wenn ich's gerade am wenigsten erwarte. Zum Beispiel, wenn ich dringend etwas fürs Studium zu erledigen habe. Oder schon im Bett liege. Dann kann es auch passieren, dass ich im Dunkeln halbverschlafen Dinge auf den Zettel schreibe und morgens beim Aufwachen feststelle, dass nicht alles davon tatsächlich am Papier steht sondern zum Teil auch am Polster. Das wäre doch auch mal eine Idee: Auf der Bühne stehen und seine Texte vom Polsterbezug ablesen! Dafür müsste ich allerdings sehr viel deutlicher schreiben ;-)

Ich erinnere mich an einen Nachmittag im Juni und einen Slam unter freiem Himmel im Arkadenhof der Uni Wien. Super Wetter, gute Texte, bekannte Gesichter (ich kannte mittlerweile einige Leute aus der Slam-Szene, mich kannte noch fast niemand).

Im Anschluss – noch auf der Treppe des Hauptgebäudes – überschlugen sich schon wieder die Reime in meinem Kopf. Ich kramte einen Zettel aus der Tasche und notierte einen Vierzeiler nach dem nächsten. In der U-Bahn war es laut und stickig, also stieg ich nach wenigen Stationen aus und legte den Großteil meines Heimweges zu Fuß zurück. Es dauerte über zwei Stunden bis ich zuhause war, da ich alle paar Meter anhielt, um zu schreiben. Daheim angekommen waren allerdings gut zwei Drittel eines neuen Textes namens »Diesmal« fertig.

Text 4: Diesmal (Konjunktiv-Liebe)

Es fängt immer ganz harmlos an –
da fühl ich mich noch richtig gut,
doch bald schon folgt die Achterbahn
und ich stürz in eine Flut
von Emotionen die in mir wohnen
und das werd ich jetzt vertonen…

Wer mich nicht kennt, dem sei beschrieben
ich hab ein *wirkliches* Talent
mich in den Falschen zu verlieben,
sodass mein Herz fast ständig brennt.

Von einem Fehlgriff gleich zum nächsten
die Geschichte meines Lebens!
Obwohl's mich in den Wahnsinn treibt –
den Lerneffekt such ich vergebens…

Ich verhalt mich nicht sehr schlau,
flieg wie die Motte Richtung Licht.
Dabei weiß ich ganz genau
was mir gut tut und was nicht:

Ich will einen, der zu mir steht
und nicht nur irgendwie auf mich steht.
Keinen, der mir den Kopf verdreht
und dann wieder eigene Wege geht
sondern einen, der bleibt.
Einen, der mir nicht schreibt,
dass er mich vermisst
während er eine andere küsst.
Der mir nicht sagt: »Es tut mir leid,
heut geht's nicht, ich hab keine Zeit…«

Oder: »Ich find dich super, aaaber...«
und dann hör ich das Gelaber
von Freiheitsdrang und Unklarheit,
von Schuldgefühlen und Selbstmitleid
nach dem Motto: »Ich wünschte ich könnt,
aber es geht einfach nicht!«
Und obwohl ich das kenn,
ist's wie ein Schlag ins Gesicht...

Jedes Mal zerplatzt ein Traum
so wie eine Seifenblase
und die Frage steht im Raum:
Warum steck ich meine Nase
aber auch ständig in Geschichten,
die meinen Selbstwert so vernichten?

Wenn ich dann wieder solo bin,
geb ich mich meinen Werten hin –
ich leb den Single-Masterplan
doch bald schon kommt der nächste Mann
der mir meinen Kopf verdreht...
nicht gleich wenn er vor mir steht,
aber es dauert nicht sehr lang
und ich vergess den Masterplan.

Denn diesmal ist es anders –
DU bist anders als mein Ex!
Diesmal ist es anders
denn es geht nicht nur um Sex,
diesmal regieren nicht die Triebe!
Du und ich – das schmeckt nach Liebe.

Diesmal – dacht ich – steh ich drüber.
Und jetzt? Erwischt es mich schon wieder!

Ich glaub ich brauch 'ne Therapie
denn ich schaff es einfach nie,
diesem Reiz zu widerstehen
den komplizierten Weg zu gehen
in der Hoffnung: Dieses Mal
endet die Story nicht fatal...

Wir wollten doch nur Freunde sein.
Zwei Kumpels, die sich gut verstehen,
die über alles reden können und
sich nicht an die Wäsche gehen.

Doch die Rechnung ging nicht auf –
jetzt haben wir uns doch verknallt!
Gedanken an dich sind wie Musik,
die mir in den Ohren hallt.

Du schleichst dich nachts in meine Träume
und ich find das gar nicht komisch,
denn was wir im Geist aufführen
ist alles andere als platonisch!

Jetzt sind wir zerrissen,
uns plagt das Gewissen –
noch ist nichts passiert
doch wir sind echt verwirrt:

Ich hab dich noch nicht berührt,
du hast mich noch nicht verführt.
Wir wissen nicht, was wir da tun
doch Fakt ist: Wir sind nicht immun
gegen die Chemie
und diese kribbelnde Magie...

Denn diesmal ist es anders
du und ich, wir sind komplex.
Diesmal ist es anders
denn es geht nicht nur um Sex,
diesmal regieren nicht die Triebe!
Du und ich – das schmeckt nach Liebe.

Doch das Ticket in die Hölle,
durch die wir uns jetzt jagen
das haben wir uns selbst gekauft
und ich wünscht' du würdest sagen:

»Ich verlasse Frau und Kind
bin ab sofort für alles blind
außer für dich und deine Augen
die mich in deine Seele saugen.
Ich vergess den Masterplan
und fang mit dir von vorne an!«

Aber das wird nicht passieren...
ich werd erneut mein Herz verlieren;
ich weiß, du machst mir Schwierigkeiten
und dennoch lass ich mich verleiten.
Ich denk mir »Nein, ich lass das sein«
und kippe trotzdem wieder rein
vergesse, wer ich selber bin
und geb mich Fantasien hin,
denke:

Diesmal ist es anders
deine Freundin ist bald ex –
diesmal ist es anders
und dann haben wir auch Sex!
In mir regen sich die Triebe
denn du und ich – das schmeckt nach Liebe.

He, da war doch dieser Schwur!
Ich sagte mir: Keine Zensur
und keine Kompromisse mehr,
dann kommt der Richtige daher!

Tja, ich bild mir dennoch ein
ich hätt ihn schon in dir gefunden
und du erkennst es bloß noch nicht –
also verbring ich meine Stunden
damit dich zu vermissen.

Aus den Stunden werden Tage,
dieses Warten ist beschissen
und ich quäl mich mit der Frage:
Geht die Rechnung jemals auf?
Nimmt die Welt mal meinen Lauf?
Denn ich merk, auch dieses Mal
endet die Story für mich fatal:

Es ist diesmal nicht anders –
ich bin wiedermal die Ex...
das Einzige was anders ist
wir beide hatten nicht mal Sex!
Der Geist war stärker als die Triebe
und du und ich?

Nur Konjunktiv-Liebe.

© Helmut Prochart

Warum die Welt Schatzentdecker braucht

Ja, es stimmt schon: Zum Poetry Slam kam ich durch ein YouTube-Video. Doch wie kam ich auf die verrückte Idee, meine persönlichen Gedanken in Texte zu verpacken und sie öffentlich vorzutragen?

Während ich mich in den ersten Wochen des neuen Studiums in vielen Lehrveranstaltungen geistig stark unterfordert fühlte, landete ich eines Tages auch in einer Vorlesung und in Seminaren eines als sehr anspruchsvoll bekannten Professors. Einige Studierende verzweifelten an seinen Arbeitsaufträgen und Prüfungen, doch für meinen Geist brach eine neue Ära an.

Ich genoss es enorm, endlich einmal richtig tiefschürfend denken zu dürfen – nein, zu *sollen*! Mich stundenlang in kritischer Literatur zu verlieren, gemeinsam darüber zu philosophieren und Seminararbeiten schreiben zu dürfen mit Sätzen, die so lang und komplex waren, dass man sie mitunter zweimal lesen musste (ja, ein bisschen wie dieser hier, nur wissenschaftlicher).

Und abgesehen davon, dass mir das so unerwartet viel Freude machte, bekam ich richtig tolles Feedback. Zum ersten Mal überhaupt sagte mir jemand, den ich für fachlich äußerst kompetent und belesen hielt, dass ihm meine Art zu schreiben gefiel. Ja, mehr noch: Da glaubte plötzlich jemand an die Relevanz meiner (!!?) Gedanken. Ohne diese bestärkenden Rückmeldungen würde ich mich vermutlich bis heute nicht trauen, meine Meinung offen kundzutun. Allein dafür hatte sich das Studium für mich schon im ersten Jahr gelohnt.

Gegen Ende des zweiten Jahres bedankte ich mich dann einmal für die moralische Unterstützung, denn wie gesagt, ohne die gäbe es meine Slamtexte und Auftritte wahrscheinlich gar nicht.

Er meinte, ein Schatz ließe sich nur heben, wenn einer da wäre. Und ich erwiderte, dass es egal sei wie wertvoll ein Schatz ist – ohne jemanden, der in *entdeckt*, bleibt er verborgen.

Kitschig? Vielleicht – aber hey, genau solche Geschichten schreibt das Leben!

Angeregt durch besagte Seminare und erste eigene Unterrichtserfahrungen entstand der nun folgende Slamtext (und ja ich weiß, der ist nicht gegendert. Das schien sprachästhetisch unmöglich, aber ich spreche natürlich alle Geschlechter an).

Text 5: Lehrer sein

Wir studieren tagaus, tagein,
denn bald schon da wollen wir Lehrer sein!
Ich mach mir darüber so meine Gedanken
und die bringen meinen Geist ins Wanken,
denn es scheint fast egal, was wir inhaltlich machen...
im Schulalltag zählen eh nur 3 Sachen:

– Freiarbeit: super!
– Sitzkreis: geht immer.
– und: Bloß nicht den Boss spielen!
Doch es kommt noch viel schlimmer:

Keiner zeigt uns wie es geht
das Unterrichten, und es steht
auch in keinem Buch –
ganz egal wo ich such.

Methodenvielfalt, gut und schön
ich würd gern Fachdidaktik sehn!
Nur meistens seh ich Beschäftigungstherapie –
die Arbeitsblattlawine rollt wie nie.

Solang die Kinder etwas tun
können Lehrer sich ausruh'n
und haben nur noch Aufsichtspflicht –
da stimmt doch irgendetwas nicht!

Geht's hier um Leistung oder geht's um das Leben?
Wir sollten weniger Schneiden und Kleben
sondern Perspektiven geben,
die das Niveau tatsächlich heben.

Ich will Rebellen und Autodidakten,
keine Reproduzenten von Fakten.
Kinder, die etwas wissen wollen
und nicht bloß das tun, was sie sollen.
Ich will mutige Kids, die querdenken können
und sich nicht im Stationenbetrieb verrennen!

Ich wünsch mir mündige junge Leute
und keine weitere Mainstream-Meute
denn davon gibt's schon jetzt zu viel –
drum brauchen wir ein neues Ziel.

Ich geb's zu ich steh auf Bildungstheorie
denn Unterricht braucht eine Philosophie,
sonst wird er zum Selbstzweck
dank Kompetenz-Check.
Die Bildungsstandards sind definiert,
darum wird nicht mehr experimentiert.

Echte Bildung ist heut Luxus –
doch den sollten wir uns gönnen,
wenn wir nicht wollen dass wir als Lehrer
nur wie Marionetten rumrennen!

BIFIE und Ministerium
die führen uns an der Nase rum
verkaufen uns kollektiv für dumm
und wir spielen immer noch mit – warum?

Die moderne Didaktik
ist bloß noch Taktik
um den Umstand zu verschleiern,
dass wir als Lehrer meist rumeiern.

Wir denken nur noch in Lehrplan-Etappen.
Sind stolz auf dicke Sachunterrichtsmappen.
Am Ende des Tages wurde viel gemacht,
doch hat's den Kindern was gebracht?

Was sie heute in der Schule lernen
führt dazu, dass sie sich entfernen
von dem was zählt – und das ist
all das, worauf man gern vergisst
vor lauter »teaching to the test«
bekommt die Fantasie Arrest...

Wir sollten nicht fördern um Pisa zu meistern
sondern die Kids für sich selbst begeistern –
für ihre Träume und Visionen,
für neue Ideen und nicht für Schablonen!
Denn wie sollen sie die Welt verändern
wenn sie auf alten Pfaden schlendern?

Ich will Rebellen und Autodidakten,
keine Reproduzenten von Fakten.
Kinder, die etwas wissen wollen
und nicht bloß das tun, was sie sollen.
Ich will mutige Kids, die querdenken können
und sich nicht im Stationenbetrieb verrennen!

Ich wünsch mir mündige junge Leute
und keine weitere Mainstream-Meute,
denn davon gibt's schon jetzt zu viel –
drum brauchen wir ein neues Ziel.

Doch das Dilemma fängt schon an
mit Schema F für den Unterrichtsplan...
wie sollen wir unseren eignen Stil finden
wenn wir uns an Formulare binden?

Wir denken uns nicht richtig rein
oder wie sonst kann es denn sein,
dass wir auf Wikipedia bauen
anstatt uns wirklich umzuschauen?
Wir nehmen was wir am schnellsten kriegen –
Lehrerweb und »schule.at« muss genügen.

Doch wenn wir unser Hirn ausschalten
und tun was andere für richtig halten,
wenn wir nicht den Sinn einer Sache sehen
sollten wir dann in der Klasse stehen?
Wenn wir nicht lernen zu reflektieren
was wir da tun und es auch kritisieren,
wenn wir in der Praxis dilettieren
dann werden wir niemanden inspirieren.

Lehrer sein – das braucht seine Zeit,
drum fragt euch: Bin ich schon soweit?
Wenn nein, dann stellt euch neue Fragen
die den Methoden-Wahn verjagen.
Denn es geht nicht um die Form,
auch nicht um eine Bildungsnorm,
diese Dinge sind flüchtig –
drum ist es so wichtig
eine Strategie zu finden,
wo keine Inhalte verschwinden.

Noch studieren wir tagaus, tagein
doch bald schon werden wir Lehrer sein...
drum müssen wir uns überlegen:
Was wollen wir einmal bewegen?
Ich wünsch mir mündige junge Leute
und keine weitere Mainstream-Meute,
denn davon gibt's schon jetzt zu viel –
drum such ich mir ein höheres Ziel!

Blackout im Dunkeln

Im Herbst hatte ich die Ehre, eine Vernissage an meiner Hochschule mit einem Poetry Slam - Auftritt zu eröffnen. Im Mittelpunkt dieser Veranstaltung standen in Ytong gemeißelte Gesichter und Skulpturen, die von Studierenden des Kunst-Schwerpunkts angefertigt worden waren. Das Ganze trug den Titel »Faces & Farces« und sollte wirkungsvoll präsentiert werden.

Bei der Generalprobe am Vorabend froren wir uns fast alles ab, denn die Veranstaltung fand im Freien statt. Ich glaube, ohne Handschuhe würde das eiskalte Mikro noch jetzt an meiner Handfläche kleben. Die Regisseurin hatte eine Menge damit zu tun, Musiker, Sprecher, Performer, Licht-, Effekt- und Toninszenierung und meinen Auftritt zu koordinieren... das gelang ihr letztlich bestens, sodass wir mit der Generalprobe zufrieden waren.

Am nächsten Abend war es genauso bitterkalt. Ich fragte mich, ob außer uns Teilnehmenden irgendjemand freiwillig zu diesem Event erscheinen würde. Bis fünf Minuten vor Beginn sah es nicht danach aus. Ich stapfte, den Text im Kopf immer und immer wieder runterratternd (ich hatte ihn erst vor zwei Tagen geschrieben und musste ihn bei der Generalprobe noch mit Taschenlampe ablesen), um einen Baum herum und versuchte, nicht über Wurzeln zu stolpern.

Es war ziemlich finster in meinem »Versteck« hinter der Steintribüne, von wo aus ich erscheinen sollte. Dann begannen die Musiker zu spielen. Ich spähte durch die Büsche in den Hof und stellte fest, dass tatsächlich 40 oder 50 Leute gekommen waren! Die Musik verklang und es wurde still – das war mein Zeichen.

Ich bahnte mir vorsichtig den Weg hinauf zur Tribüne (und yeah, weder gestolpert noch ausgerutscht noch irgendwo hängen geblieben!), atmete aus und legte los.

Als ich den ersten Teil perfekt hinter mich gebracht hatte, war ich extrem erleichtert und genoss die Show so sehr, dass ich sogar vergaß wie kalt mir war. Alles lief wunderbar, bis... ja, bis es doch passierte: Text-Blackout.

Mir fiel einfach nicht mehr ein, wie es weiterging!
Ich kramte nach dem Text in meiner Manteltasche und suchte in der Dunkelheit (diesmal hatte ich keine Taschenlampe) nach einem rettenden Stichwort. Das Ganze dauert höchstens Sekunden, kam mir aber unerträglich lange vor. Und war mir so unangenehm!!

Doch was dann passierte, werde ich wohl nie vergessen:
Plötzlich hörte ich, wie das Publikum rhythmisch zu klatschen begann und im Chor »Wir wollen mehr!« rief. Ich spürte, dass ich erleichtert grinste, fand endlich mein Stichwort und kam problemlos wieder in den Textflow hinein. Unbeschreibliches Gefühl :-)

Am Schluss verbeugte ich mich, verschwand zurück ins Dickicht, drückte der Regisseurin mein Mikrofon in die Hand und schlenderte gemütlich durch den Garten in Richtung Publikum, um mir den Rest der Show anzusehen.

Menschen, die ich nicht kannte, klopften mir auf die Schulter, schüttelten mir die Hand und fragten mich, ob ich ihnen diesen Text per Mail schicken würde. Irgendjemand wollte sogar wissen, ob ich für diese Veranstaltung gebucht wurde. Wie lange ich das schon machen würde, ob ich schon einmal dort oder da aufgetreten bin usw.

Totale Liebe, Leute. Anders kann ich's nicht beschreiben.
Ein grandioser Abend, der mir klar machte, warum ich slamme:
Weil's magisch ist :-)

Der Text trug damals den Arbeitstitel »Faces & Farces«, später benannte ich ihn jedoch um in »Gesichter«.

Text 6: Gesichter

Es gibt so viel Gesichter...
knapp 7,3 Milliarden!
Kaum eines gleicht dem andren
und doch – sind es bloß Fassaden.
Manche prunkvoll und verziert,
andere wild und unrasiert,
bunt bemalt oder natur,
halb versteckt hinter der Frisur.

Manche ziemlich elegant,
andere extrem markant.
Die einen strahlen fast schon grell und
andere vergisst du schnell.
Gesichter gibt's in vielen Farben,
makellos oder mit Narben.
Manche sind echt wunderschön
und andere willst du gar nicht sehen.

Viele sprechen Bände,
ohne nur ein Wort zu sagen.
Aus andern wirst du niemals schlau
und manche können Angst einjagen.

Ich steh und schau in die Gesichter
all der namenlosen Dichter,
deren Geschichten ich erkenn
wenn ich nicht blind durchs Leben renn.
Denn mein Gegenüber, dieses *Du*
gehört jetzt grad zu mir dazu.

Meist schauen wir in Gesichter
und spielen vorschnell Richter.

Es sind Millisekunden, die darüber entscheiden:

Du bist mir egal und
dich kann ich leiden,
du bist sicher ur deppat
und du zu bescheiden,
dich find ich cool und dich?!
Werd ich meiden...

Wir schauen mit den Augen,
doch nur das Herz kann wirklich sehen.
Wir denken mit dem Kopf,
doch nur die Seele kann verstehen
dass wir alle Masken tragen,
ehe wir uns zu zeigen wagen.

Manche sind laut, andere sind leise.
Viele sind dumm und ein paar ziemlich weise.
Es gibt solche, die Gefühle zeigen
und solche, die eher zum Pokerface neigen.

Dann gibt's auch solche, die freundlich scheinen
obwohl sie es gar nicht gut mit dir meinen.
Und die, die immer skeptisch schauen,
weil sie sich fürchten, erneut zu vertrauen.
Und manche wirken so frustriert,
dass einem das eigene Lächeln gefriert.

In vielen Gesichtern stehen Sorgenfalten –
schon bei den Jungen, nicht nur bei den Alten.
Den einen kann schon mal die Mimik entgleisen,
andre sind verbissen, wollen der Welt was beweisen.
Und die, die überall fröhlich erscheinen
sind die, die gelernt haben, heimlich zu weinen.

Und du? Wer bist du?
Ich stehe da und schau
und werd nicht wirklich schlau –
ich spür, dass du was verborgen hast,
vermutlich aus Angst, dass du mir sonst nicht passt.

Doch vielleicht ist mein Gesicht der Spiegel,
in dem du dich selbst erkennst?
Aus ihm spricht dann dein Leben
und du wirst dir nichts vergeben,
wenn du 'nen 2. Blick riskierst
und dich dabei kurz selbst verlierst.
Keine Sorge, du gehst nicht verloren.
Du wirst daran wachsen und nochmal geboren.

Also schau in die Gesichter
all der namenlosen Dichter
deren Geschichten du erkennst,
wenn du mal nicht durchs Leben rennst.
Denn dein Gegenüber, dieses *Du*
gehört jetzt grad zu dir dazu.

Ist sie traurig?
Geht's ihm gut?
Hat sie Träume?
Fehlt ihm Mut?
Ist er einsam?
Sind sie glücklich?
Die meisten interessiert's nicht wirklich.

Jeder Mensch ein Universum
voller Monde und Planeten –
doch wir beurteilen die Fassade
und sehen Stars oder Proleten.

Aber lass dich nicht täuschen
dahinter steckt mehr:
Such die Geschichte, denn
keine Hülle ist leer!

Nimm dir Zeit und bleib mal stehen!
Lass dir nicht das Menschsein entgehen,
denn der Punkt, an dem eine Maske fällt
ist der, der im Leben wirklich zählt –
weil wir sie nur solange tragen,
bis wir uns zu zeigen wagen.

Und plötzlich erkennst du in Gesichtern
von bisher namenlosen Dichtern,
worum's in deiner Geschichte geht
und warum sich die Welt ohne dich anders dreht.

Wer weiß?
Mein nächstes Gegenüber
das bist vielleicht schon du –
denn wir 7,3 Milliarden
gehören alle zu einer Geschichte dazu.

Was wäre, wenn...

Es war so ein typisch klischeehaftes Novemberwochenende: Nebel, Nieselregen, bewölkt, windig, kalt. Und grau. Ja, richtig grau und düster. Ich hatte ein paar Stunden lang am Computer gearbeitet und mein Körper meldete akuten Bewegungs- und Frischluftdrang. Doch der Blick nach draußen war überhaupt nicht einladend.

Ich schlüpfte in meine Jacke, um auf dem Balkon eine Zigarette zu rauchen. Beobachtete, wie der blau-graue, warme Dunst sich mit den kühlen Nebelschwaden vermischte. Und plötzlich fand ich es schön, dieses Grau. Es dämpfte zwar sämtliche Farben aus dem Repertoire des Spätherbstes, hatte allerdings auch etwas Friedliches, ja Beschützendes. Noch nie war mir das mich umgebende Grau der Stadt so bewusst gewesen.

Das machte mich nachdenklich.

Wie oft wissen wir das, was uns umgibt, gar nicht zu schätzen? Wie oft wollen wir das, was gerade ist, verändern, nicht haben, wegmachen? Warum werden uns Tage wie dieser von den Nachrichten als »Schlechtwettertage« verkauft? Und warum glauben wir an so etwas wie schlechtes Wetter?

Was wäre, wenn die Menschen Grau plötzlich schön(er) fänden? Ich zog meine Schuhe an, machte einen ausgedehnten Spaziergang und saugte die Novemberstimmung in mich auf.

Als ich wieder zurückkam, ließ ich meine Gedanken in die Tasten fließen – und so entstand meine persönliche Lobrede an die Farbe Grau.

Text 7: Grau ist gut

Novemberstimmung...
grau in grau.
Wenn ich aus meinem Fenster schau,
dann erkenn ich nicht genau
ob es früh ist oder spät?
Ob die Erde sich noch dreht?
Ob der Tag gelaufen ist
und die Sonne mich auch vermisst?

Was wir nicht mögen, ist meistens grau
wie Staub und Schmutz und Autobahnstau.
Die graue Masse? Hat keine Klasse.
Die graue Maus? Kommt nicht aus sich raus.
Die graue Theorie? Interessiert so gut wie nie.
Und ist der Alltag grau wird die Stimmung flau.

Grau – das sind die Anzugträger
und die Paragraphenjäger.
Grau ist so ein Markenzeichen
der Spießer, Langweiler und Reichen.
Bei Grau denkt man an Friedhof,
und im Web steht grau für off-line...
das Image dieser Farbe
könnte wirklich besser sein.

Grau ist wie ein Sündenbock,
grau drückt unsere Stimmung runter.
Wir sind davon umgeben
doch wir hätten's gerne bunter,
dabei ist's weder gut noch schlecht.
Grau ist nicht böse – nein, grau ist echt
denn:

Weiß wird schnell dreckig
und Schwarz kann verblassen.
Was bleibt ist ein Grau
und das lässt sich schwer fassen.
Man kann es selten definieren,
und mitunter wird's passieren
dass wir uns verlieren.
In vernebelten Träumen
und Zwischenräumen.

Nicht Ja und nicht Nein,
nicht Sein und nicht Schein,
nicht zusammen, nicht allein
sondern irgendwo dazwischen.
Weit vom Anfang, fern vom Ziel
stehen wir da und stellen fest:
Auch Grau gehört zum Farbenspiel
doch ist es schlechter als der Rest?

Ich sag, grau wird unterschätzt
denn ich fang an zu kapieren:
Ohne diese Farbe
würd unsere Welt nicht funktionieren.
Wir bauen Häuser aus Beton
und kein Sturm trägt sie davon.
Dank Energie aus grauen Rohren
ist noch keiner von uns hier im Winter erfroren.
Ohne Dübel, Nägel, Haken und Schrauben
brächen Möbel zusammen und Gartenlauben.

Laternenmasten sehen selten gut aus,
doch sie spenden uns Licht und das bringt uns nach Haus.
Graue Straßen und Schienen, auf denen wir fahren
sind's, die uns holprige Reisen ersparen

und dank Erfindung der Blitzableiter
schlafen wir nachts bei Gewitter ruhig weiter.

Grau sind die Wege, auf denen wir gehen
auch im Großstadtdschungel
gibt's vieles zu sehen.
Graue Schnallen schließen Schuhe
oder öffnen uns die Türen
zu Tausenden von Mikrokosmen
in die wir rein- und rausmarschieren.

Grau kann erhalten und grau kann vernichten.
Grau steht für Zerstörung
und grau schreibt Geschichten
denn

Weiß wird schnell dreckig
und Schwarz kann verblassen.
Was bleibt ist ein Grau
und das lässt sich schwer fassen.
Man kann es selten definieren,
und mitunter wird's passieren
dass wir uns verlieren.
In vernebelten Träumen
und Zwischenräumen.

Nicht Ja und nicht Nein,
nicht Sein und nicht Schein,
nicht zusammen, nicht allein
sondern irgendwo dazwischen.
Weit vom Anfang, fern vom Ziel
stehen wir da und stellen fest:
Auch Grau gehört zum Farbenspiel
und ist nicht schlechter als der Rest.

Wir wollen glänzen, leuchten, strahlen
glitzern, scheinen, wir wollen prahlen
so farbenprächtig wie ein Pfau –
denn wer bewundert schon das Grau?
Dabei ist's doch fast wie Silber
halt nicht glänzend, sondern matt...
und wär die Welt voll Regenbögen
hätten wir auch die mal satt.

Grau ist neutral
ist genauso wie wir –
wenn wir uns nicht entscheiden,
ist die Grauzone unser Revier.
Grau lässt Raum für Fantasie!
Aus einem Guss, das sind wir nie:

Wir haben Schatten und Nuancen
und dank Grau so viele Chancen
uns auszuprobieren,
ohne alles zu riskieren.

Wer immerzu blau ist,
sieht irgendwann rot.
Und wenn jemand mal grau ist,
ist er lang noch nicht tot
sondern vielleicht nur auf der Suche
nach einer Farbe, die ihm steht.
Als Kontrast zu einem Grau,
ohne das es eh nicht geht.

Wenn der Himmel also trüb ist
gebt dem Wetter nicht die Schuld –
es bleibt ja nie für immer so,
wir brauchen manchmal nur Geduld.

Also lächle, dreh den Spieß herum
und verleih dem Grau Berechtigung
denn

Weiß wird schnell dreckig
und Schwarz kann verblassen.
Was bleibt ist ein Grau
und das sollten wir so lassen.
Weit vom Anfang, fern vom Ziel
bleibt unser Weg ein Farbenspiel –
und das schließt eben keinen aus...
weder den November, noch die graue Maus.

Prägende Begegnungen

Ich hatte ja eingangs erwähnt, dass es zu der Zeit, als meine allerersten Slamtexte entstanden, jemanden in meinem Leben gab aus dem ich so gar nicht schlau wurde. Den gab es drei Monate später auch noch.
Fragt mich nicht warum – mittlerweile wusste ich mir mit ihm genauso wenig anzufangen wie umgekehrt. Irgendwie war ich Beziehungsfrust aber gewohnt und hoffte wohl noch auf ein Wunder.

Wie viel schöner und leichter alles auf Anhieb sein könnte, wurde mir erst wieder durch eine komplett unerwartete Begegnung bewusst.

Kennt ihr diese Augenblicke, in denen auf einmal alles perfekt ist? Wo du dich nicht erinnern kannst, jemals ein Problem gehabt zu haben oder wegen irgendetwas traurig gewesen zu sein? Wo Gespräche fließen und die Welt rundherum komplett ausgeblendet scheint? Wo Augen mit der Sonne um die Wette strahlen und Zeit und Raum völlig außer Kraft gesetzt scheinen?

Genau das ist mir passiert.
Und da war sofort klar, dass ich nicht mehr weitermachen wollte wie bisher. Schon wenige Tage später hatte ich die frustrierende Geschichte abgeschlossen und tauchte ein in eine, die auf magische Weise alles zu sprengen vermochte, was davor war.

Diese neue Begegnung war einfach, aber nicht leicht. Und sie hätte enden können (oder sollen?), bevor sie begann. Vernünftig betrachtet hätten wir uns damit einiges an Stress und Kummer erspart. Aber das Leben ist nicht immer vernünftig – es schien vom ersten Moment an kein Zurück mehr zu geben. Und ja, wir hätten was verpasst! Wir hätten *uns* verpasst.

Sie passieren meiner Meinung nach niemals umsonst – diese Geschichten, die Körper, Geist und Seele fesseln. Sind die, die bewirken, dass wir uns (wieder) so richtig lebendig fühlen, nicht die wertvollsten von allen?

Und obwohl ich bloß diese eine (nämlich meine) Geschichte in Kopf und Herz trug, als der nächste Slamtext entstand, erzählte ich damit offensichtlich auch aus fremden Leben – es flossen bislang nämlich bei keinem anderen meiner Texte mehr Tränen im Publikum.

Na, schon in Stimmung?

Wenn nicht, hab ich hier ein musikalisches Intro für euch:
»'Cause it's a bittersweet symphony, this life« ... (The Verve)
(Ja, auszugsweises Singen ist beim Poetry Slam auch erlaubt.)

Text 8: Wachgeküsst

Immer dann wenn' s bei mir gut läuft
muss ich mich selber sabotieren,
meinen Körper, meine Laune
oder sonst etwas ruinieren
bis ich unzufrieden bin
und dann fehlt mir der Lebenssinn –
kaum frag ich mich »Wer bin ich schon?«
schleicht sie herein, die Depression.

Vielleicht kann man mich nicht lieben
ich bin wohl einfach zu speziell,
um nicht zu sagen kompliziert
und recht unkonventionell.
In das Leben andrer Menschen
pass ich scheinbar nur hinein
wenn ich mich verbiege
und mich dabei selbst belüge.

Pausenlos tobt dieser Streit
in mir – zwischen Herz und Kopf:
Will ich Liebe oder Wahrheit?
Bin ich ein Deckel ohne Topf?
Doch plötzlich stehst du vor mir,
platzt herein in meine Welt
und bevor ich weiß, was los ist
hast du sie auf den Kopf gestellt.

Stehst da und behauptest, ich wäre toll
außergewöhnlich und wundervoll.
Wer das nicht erkennt, der verdient mich nicht –
du entreißt mir den Scheffel und stellst mich ins Licht...

Du warst der, den ich gesucht hab
doch du kamst nicht, um zu bleiben
sondern um mich aufzuwecken
und Sand aus den Augen zu reiben.
Hast mich dran erinnert,
dass ich nicht alleine bin
und hast mir gezeigt
in mir steckt noch viel mehr drin.

Hast mich ermutigt
größer zu träumen
und meinen Visionen
mehr Platz einzuräumen.
Du hast zu mir gesagt
ich soll mich nicht verstecken
sondern den Mut haben
noch mehr anzuecken
weil du genau das an mir schätzt
von dem ich dachte, es entsetzt.

Und obwohl ein Auge weint
wenn mein Herz dich mal vermisst
das andere Auge lacht
denn du hast mich wachgeküsst.

Jetzt steh ich da und tue
was ich lange nicht gewagt hab,
endlich passen meine Schuhe
und ich mag den neuen Maßstab
der meinen Selbstwert so bemisst,
dass ihn kein Zweifel mehr zerfrisst
und als ich aufgehört hab, mich zu verrenken
konnt ich auch dir was Schönes schenken.

Dein Leben war in Ordnung
nicht perfekt, aber okay
hast viel erreicht und viel erlebt
und kamst gar nicht auf die Idee,
dass dir zu deinem Glück was fehlt,
dass du was suchst, war dir nicht klar
doch hast du dich nach was gesehnt
denn auf einmal war ich da...

Einfach so, fast über Nacht
bin ich in dein Herz geschwirrt
hab dein Leben bunt gemacht
und deinen Verstand verwirrt,
hab dich aus dem Konzept gebracht
gefährlich wie ein Drogenrausch –
wild, aber dabei trotzdem sacht
und zärtlich wie ein Wattebausch.

Ich war die, die du gesucht hast
doch ich kam nicht, um zu bleiben
sondern um dich aufzuwecken
und den Sand aus den Augen zu reiben.
Hab dir gezeigt,
dass Leben Abenteuer ist
und dich daran erinnert
wie man mit Leib und Seele küsst.

Ich hab dir gesagt,
dass du großartig bist
und zwar immer wieder
damit du's nicht vergisst.
Hab dich ermutigt
an Gefühle zu glauben –
wenn du glücklich sein willst

musst du dir das erlauben,
statt auf den Gedanken reinzufallen
du solltest anderen gefallen.

Und obwohl ein Auge weint
wenn dein Herz mich mal vermisst
das andere Auge lacht
denn ich hab dich wachgeküsst.

Wir stehen uns gegenüber
du versinkst in meinem Blick
und ich in deinen Armen –
doch es fehlt ein Stück zum Glück:
Wie bei 'ner Sternschnuppe am Himmel
die hell strahlt und dann verlischt
ist uns zweien in diesem Märchen
leider das Happy End entwischt...

In einem andren Universum
wären du und ich perfekt
und doch hat die Geschichte
für uns irgendwas bezweckt,
auch wenn es weh tut und wenn keiner
das hier so recht versteht, ich denk:
Begegnungen wie diese
sind trotzdem ein Geschenk.

Weil wir manchmal Menschen brauchen
die uns aus alten Bahnen werfen,
uns den Boden einfach wegziehen
und damit unsre Sinne schärfen,
damit wir nicht in Sackgassen enden
und kostbare Lebenszeit verschwenden.

Frag nicht nach falsch oder richtig
denn das ist nicht so wichtig,
wenn ein echtes Gefühl
zelebriert werden will –
das Leben ist da um »Fehler« zu machen
und aus fremden Träumen aufzuwachen.

Voll Dankbarkeit für unsre Zeit
nehm ich mein Schicksal in die Hände.
Wie heißt's so schön? »Solang's nicht gut ist,
ist es auch noch nicht das Ende!«

Ich weiß nicht, was die Zukunft bringt
in Wahrheit ist es auch egal,
für den Moment reicht mir der Glaube
an einen zarten Hoffnungsstrahl.
Ich werd ihm folgen, ohne Angst
das Leben weiß schon was es tut
ist ein Kapitel fertig
wird das nächste doppelt gut.

Wenn also einer von uns weint,
weil er den andren grad vermisst
können wir trotz allem lächeln
denn wir haben uns wachgeküsst.

Angebot vs. Nachfrage

Eines Abends unterhielt ich mich bei einem Slam mit einem Kollegen. Ich kannte ihn schon eine Weile und mir war aufgefallen, dass er bei fast jeder Veranstaltung, die ich zuletzt besucht hatte, als sogenannter »Fixstarter« auf der Bühne stehen durfte.

Sprich ohne den üblichen Nervenkitzel, sich auf die offene Liste setzen zu lassen und erst vor Ort zu erfahren, ob man tatsächlich auftreten darf oder nicht. Ich stand oft auf diesen Listen und konnte diese Ungewissheit überhaupt nicht leiden.
Nervös war ich jedes Mal, gezogen wurde ich fast nie. Anfangs tröstete ich mich mit dem Gedanken, ich hätte es zumindest versucht – doch mit der Zeit fand ich dieses System frustrierend.

Ich wollte also von besagtem Kollegen wissen, wie er es schaffte, so oft aufzutreten.
Er meinte: »Naja, mittlerweile kenne ich fast alle Veranstalter und die kommen jetzt meistens auch auf mich zu und fragen, ob ich dann und dann Zeit habe. Aber anfangs ging 's mir genauso wie dir – bleib einfach dran, das wird schon!«
Ich bin drangeblieben – etwas anderes blieb mir ja auch gar nicht übrig. Ich ließ mich auf diversen Veranstaltungen blicken, sprach mit Leuten und... nach einer Weile begann sich das Blatt tatsächlich zu wenden:

Plötzlich bekam ich Terminanfragen, Angebote für Fixstartplätze, Auftritte mit Gage,... ich konnte es gar nicht glauben! Einmal kontaktierte mich sogar eine Slammasterin aus einer anderen Stadt. Wir kannten uns gar nicht und sie erklärte mir, ich wäre ihr empfohlen worden. Yeah!

Und bald bekam ich auch die erste Anfrage zu einem Spezial-Slam, bei dem es ein vorgegebenes Thema gab: Elternschaft und Erziehung.
»Haha«, war meine erste Reaktion, »da bin ich jetzt aber nicht die große Expertin!« Ich fühlte mich trotzdem geehrt und reimte mir einen passenden Text zusammen.

Im Anschluss an die Veranstaltung kam die Präsidentin des Vereins auf mich zu und wollte wissen, ob sie meinen Text auf ihrer Webseite veröffentlichen darf – weil ich das Motto des Abends von allen am besten getroffen hätte. Mein Ego freute sich gewaltig, doch das Bauchgefühl war dagegen. Ich lehnte also ab, bot ihr aber an, auf meinen Blog zu verlinken.

Fazit:
Wenn du etwas wirklich willst, bleib dran und gib dein Bestes, aber vor allem: Bleib dir selbst immer treu dabei!

Und nun ein paar Gedanken zum Thema »Eltern sein«.

Text 9: Schön und schwer (Eltern sein)

Ich hab zwar selber keine Kinder
doch ich bin mal eins gewesen –
und wenn ich die Augen schließ,
kann ich in meiner Kindheit lesen:
Dann seh ich Szenen und Bilder.
Manche sanft, andere wilder,
die meisten bunt, andere blass,
einige traurig, viele voll Spaß.

Ich weiß noch, ich war gerne draußen.
Da gab es so viel zu entdecken!
Wir fuhren Rad und bauten Dämme,
spielten Fangen und Verstecken.
Kletterten auf Bäume und
liefen durch das Erbsenfeld,
bis der Bauer uns vertrieb –
ich liebte meine kleine Welt.

Freute mich immer auf den Abend
wenn Papa dann nach Hause kam
und er, obwohl er müde war
sich Zeit für seine Kinder nahm.
Kindergarten war nicht so meins
doch Schule hat mir Spaß gemacht.
Meinen Lehrer fand ich super,
der hat uns echt viel beigebracht.

Ich war an vielem interessiert
und außer in Mathe auch recht talentiert.
Die Jahre vergingen und eher spät
kam ich dann in die Pubertät.

Anfangs hat's keine Probleme gegeben
doch dann begannen die Schwierigkeiten,
und zum ersten Mal in meinem Leben
durchwanderte ich schlimme Zeiten.
Stürzte innerlich ab,
doch das wollte niemand sehen.
Bin immer mehr verzweifelt
konnt mich selber nicht verstehen.

Mein Leben war Chaos
es lief nicht mehr rund,
alles war kompliziert
und ich nicht mehr gesund.
Ich sehnte mich nach früher
als ich mir um nichts Sorgen machte –
denn Mama und Papa hatten mich auch lieber,
wenn ich nicht weinte sondern lachte.

Ich glaub, Eltern sein heißt viel aushalten lernen
und sich nicht von Kindern zu entfernen
sondern in ihre Welt einzutauchen,
wenn sie mal wirklich Hilfe brauchen.
Ich glaub, Eltern sein heißt allgemein
für alles, was kommen mag, offen zu sein.
Und dass man Unangenehmes nicht von sich schiebt
weil's immer irgendwo Lösungen gibt.

Ich glaub, Eltern sein ist schön und schwer.
Man pendelt immer hin und her,
versucht sein Bestes – bis man checkt:
Niemand macht diesen »Job« perfekt.

Ich hab zwar selber keine Kinder
doch wenn ich in der Klasse steh

fühl ich mich oft wie eine Mutter
sobald ich meine Schüler seh.
Mal gelangweilt, mal hellwach
mal müde, mal erwartungsvoll –
und wenn ich sie begeistern kann,
find ich das immer wieder toll.

Wenn sie Nähe suchen an schlechten Tagen
mir soooolche Löcher in den Bauch fragen,
wenn sie was wirklich Kluges sagen
oder mir stolz ein Gedicht vortragen.

Wenn ich spür, dass sie eine Beziehung aufbauen
weil sie merken, sie können mir vertrauen.
Wenn ich sehe, ich brauch sie gar nicht zwingen
sobald wir uns alle Respekt entgegenbringen.
Ich klär mit ihnen Regeln und Werte
und zeige ihnen auch Grenzen auf,
appelliere an ihren Verstand
und lass' ihrer Fantasie freien Lauf.

Das Miteinander funktioniert
wenn wir wissen, woran wir sind
und dass wir alle Verantwortung tragen,
egal ob erwachsen oder Kind.
Manchmal läuft alles wie geschmiert und
manchmal schmeiß' auch ich die Nerven.
Dann zieh ich mich kurz mal zurück,
statt mit Worten um mich zu werfen.

Gespräche brauchen einen Rahmen
und vor allem Ehrlichkeit,
denn nennt man Dinge nicht beim Namen
erzeugt das für alle bloß Unsicherheit.

Ich glaub, Eltern sein heißt sich selbst gut zu kennen
und nicht vor Problemen davonzurennen
sondern gemeinsam nach Wegen suchen,
um gute Erfolge zu verbuchen.

Ich glaub, Eltern sein heißt ein Vorbild sein wollen
und zugleich mit dem Kind am Spielplatz rumtollen.
Vor allem heißt es jedoch, zu verstehen,
dass Kinder die Welt ganz anders sehen.

Ich glaub, Eltern sein ist schön und schwer.
Man pendelt immer hin und her,
versucht sein Bestes – bis man checkt:
Niemand macht diesen »Job« perfekt.

Und so wahr ich hier steh, sag ich:
Das ist okay :-)

Von Anfang, Ende, (T)Raum und Zeit

Egal, ob wir Pläne machen oder nicht – manchmal hat das Leben seine ganz eigenen. So zum Beispiel wusste ich schon als Kind, dass ich eines Tages ein eigenes Buch schreiben wollte und würde. Es gab auch immer wieder Phasen, in denen ich begann, an Geschichten zu arbeiten. Die Motivation hielt allerdings nie lange an und ich konnte mir auch nicht recht vorstellen, dass es jemanden geben würde, der tatsächlich etwas von mir lesen wollen würde.
Doch eines Tages war das viel zitierte »eines Tages« gekommen: Ich schrieb und veröffentlichte innerhalb eines Monats mein erstes Buch. Es war auf einmal gar keine so große Sache, wie ich immer gedacht hatte, und mein Traum von der Schriftstellerei war wahr geworden. Einfach so.

In diesen vier Wochen war ich buchstäblich jede freie Sekunde mit Schreiben beschäftigt. Das half mir auch, unmittelbar vor und nach dem Tod meiner Oma nicht komplett aus dem Ruder zu laufen. Einen geliebten Menschen geistig verfallen und körperlich sterben zu sehen und dabei nichts tun zu können als zu hoffen, dass es bald vorbei ist war eine Erfahrung, die mir echt zusetzte. Sie bescherte mir allerdings auch die Erkenntnis, wie kostbar das Leben ist, dass jeder gesunde Tag ein Geschenk und jeder fremdbestimmte Verschwendung ist.

Als in der Woche des Begräbnisses dann auch noch bei meiner großen Schwester Krebs diagnostiziert wurde, war mir so klar wie noch nie:
Es ist absolut verantwortungslos, Träume in eine ungewisse Zukunft zu verschieben wenn du schon jetzt, hier und heute etwas dafür tun kannst, um sie wahr zu machen. Ich kenne außerdem niemanden, der rückblickend stolz ist auf die Ausreden, die er/sie damals für das Nicht-Tun benutzte.

Ich schwor mir also, mich noch aktiver um meine Träume zu kümmern. Jeden Tag zumindest eine winzige Handlung zu setzen, die mich ihnen näher bringt, damit sie wahr werden könnten. Und ich hab erkannt: Das funktioniert.

Aus dieser Stimmung und den genannten Ereignissen heraus entstand der Text »Nur noch ein Jahr«.

Text 10: Nur noch ein Jahr

Kennst du das auch?
Ich hab öfter so Phasen
wo Gedanken durch mich rasen
so schnell, dass mir fast schwindlig wird.

Ich bin immer recht verwirrt
wenn ich zu viele Sachen tu,
mein Geist, der kommt dann nicht zur Ruh
und ich vergess, was wirklich zählt –
nämlich, dass man sich nicht quält.
Wenn's dann doch mal still wird
tief in mir drin
zieht's mich zu größeren Fragen hin:

Mal angenommen, dir wär klar
du hast ab heute noch ein Jahr.
Nur noch ein Jahr und dann wär sie vorbei,
deine Zeit auf der Erde – du wärst nicht mehr dabei...

Hätt ich nur noch ein Jahr zu leben
würd ich sofort allen vergeben,
die mir wehgetan haben
und nicht gut zu mir waren
– vor allem mir selbst.

Statt »Wie geht's?« würd ich fragen:
»Bist du tatsächlich glücklich?«
Und wenn du's nicht weißt:
»He... was willst du wirklich?«

Ich würd auf alle Zweifel pfeifen,
mich strecken, nach den Sternen greifen,
mich fragen, was ich immer schon wollte
anstatt mir zu sagen, dass ich das jetzt nicht sollte.

Hätt ich nur noch ein Jahr zu leben
ich würde nicht an Altem kleben
sondern Dinge verschenken,
die ich nicht mehr brauch.
Und mich nicht drüber ärgern,
falls ich doch wieder rauch.

Ich würde Menschen umarmen,
die ich gar nicht kenn
und mir nichts daraus machen,
wenn ich morgens verpenn.

Ich würd mich nicht mehr selbst bescheißen
sondern das Steuer an mich reißen
anstatt Dingen nachzurennen,
die mich vom Glücklichsein abtrennen.

Jeden Tag so zu leben
als ob's der letzte wär
klingt nach einem guten Plan.
Aber im Alltag fällt's oft schwer
zwischen Terminen und Pflichten
und sonstigen Geschichten...

Doch ich werd das überwinden
und eine Lösung für mich finden
damit ich am Ende sagen kann:
Ich hab mein Leben nicht vertan!

Hätt ich nur noch ein Jahr zu leben
würd ich der Welt noch viel mehr geben
von dem, was in mir verborgen ist.

Würd tagsüber neue Texte schreiben,
sie euch abends um die Ohren reiben
würd auf die Straße gehen und singen
anstatt mit Bühnenangst zu ringen.
Meine Gitarre würde im Park erklingen
und die Leute dort zum Lächeln bringen.

Ich würde meine Meinung sagen
so laut, dass mich jeder hört –
und ich würd mich nicht mehr fragen,
ob das irgendjemand stört.

Den Menschen die ich liebe
würd ich jeden Tag sagen,
wie froh ich bin, dass es sie gibt.
Und ich würde nie mehr klagen
über Stress und über's Wetter,
würd mit niemandem mehr streiten
und wär auch zu all jenen netter,
die mir eher Frust bereiten.

Hätt ich nur noch ein Jahr zu leben
würd ich es zum Event erheben!
Ich würd ein Floß aus Holzbrettern bauen
und mich damit aufs Wasser trauen.

Würd mir Seifenblasen kaufen
und durch Weizenfelder laufen,
würd einen großen Schneemann bauen,
mich samt Snowboard in den Tiefschnee hauen.

Ich würd nochmal ans Meer fahren,
um die Wellen zu sehen
und barfuß durch den nassen Sand
am Strand entlang spazieren zu gehen.

Mit einem Zelt im Wald übernachten
und dann morgens ganz still
den Sonnenaufgang betrachten.

Ich würde öfter Pausen machen
und einmal täglich so viel lachen,
dass ich fast vom Sessel flieg
und Bauchmuskelkater krieg.

Hätt ich nur noch ein Jahr zu leben
ich würd nach meinen Träumen streben.
Ich würde Kinderbücher schreiben
und wenn ich zu Thalia geh
platzen vor Stolz wenn ich meine Geschichten
dort in den Regalen stehen seh.

Würd nur mehr das tun
was ich mag und gut kann.
Würd den Augenblick genießen
und zwar ohne Masterplan.

Jeden Tag so zu leben
als ob's der letzte wär
klingt nach einem guten Plan.
Aber wann fang ich damit an?
Nach den Terminen, den Pflichten
und sonstigen Geschichten?
Nein... ich muss das überwinden
und eine Lösung für mich finden

damit ich am Ende sagen kann:
Ich hab mein Leben nicht vertan!
Wir könnten so viel mehr
doch wir tun es leider nicht
sondern verschieben es auf morgen.
Auf einen Tag ganz frei von Sorgen.

Aber wenn's blöd läuft
kommt der nie –
und wir verstehen die Ironie
erst viel zu spät.
Nämlich dann,
wenn nichts mehr geht.

Der allerletzte Tag
wurde uns allen mitgegeben,
denn in Wahrheit ist der Tod
das einzig Sichere im Leben
und niemand kann dir sagen,
wieviel Zeit dir wirklich bleibt.
Weil das Schicksal Ablaufdaten
mit unsichtbarer Tinte schreibt.

Mal angenommen dir wär klar
du hast ab heut nur noch ein Jahr...
würdest du dann auch aufwachen
und vieles einfach anders machen?

Jeden Tag so zu leben
also ob's der letzte wär
klingt nach einem guten Plan.
Ich glaub ich fang gleich heute an
damit ich schon morgen sagen kann:
Ich hab *mein* Leben nicht vertan.

Unverhofft kommt oft

In einer Stadt wie Wien zu leben, in der es mehr Kulturangebote gibt als ich jemals wahrnehmen könnte, empfinde ich als großes Geschenk. So erfuhr ich eines Tages von einem Bekannten aus der Slam-Szene, dass im Rahmen der »Nacht der Philosophie« erstmals ein Poetry Slam stattfinden würde. Ich war begeistert von dieser Vorstellung und bat ihn, mich für die Teilnahme vorzumerken.

Normalerweise reicht es aus, zu einem Themen-Slam (in diesem Fall lautete das Motto: »Wofür es sich zu leben lohnt«) einen einzigen passenden Text mitzubringen. Bei einem Aufstieg in die nächste Runde und im Finale ist es auch in Ordnung, einen Text vorzutragen, in dem es um ganz andere Dinge geht. Ich sah meiner Teilnahme am Philo-Slam also sehr gelassen entgegen, denn ich hatte ja erst vor kurzem »Nur noch ein Jahr« geschrieben und brauchte mir daher nichts Neues einfallen lassen.

Trotzdem überkam mich zwei Tage vor der Veranstaltung wieder so ein Reimfieber-Anfall. Als Titel für den neuen Text wählte ich dann gleich das Motto, nämlich »Wofür es sich zu leben lohnt«. Auswendiglernen ging sich nicht mehr aus, also musste ich ihn letztlich lesen.

Es war ein unvergesslicher Abend. Tolle Stimmung, tolle Menschen und: Meine Texte kamen so gut an, dass ich den 1. Philo-Slam in der Geschichte Wiens gewann. Das reimt sich, und was sich reimt ist gut (Pumuckl hatte schon immer recht).

Ob ich den ersten Platz in diesem Jahr verteidigen kann? Das erfahrt ihr dann im nächsten Buch ;-) Hier erstmal der Text, dem ich in besagter Nacht meinen Aufstieg ins Finale verdankte.

Text 11: Wofür es sich zu leben lohnt

Er hat ein Boot, einen Jet-Ski,
ein riesiges Haus.
Sie hat ein Pferd, einen Hund,
eine Wüstenspringmaus.
Du hast drei Autos, zwei Motorräder
und eine Designercouch – natürlich aus Leder.
Wir haben Notebooks, Tablets, Smartphones
und sämtliche Staffeln von Game of Thrones.

Sie wünscht sich Schmuck mit Diamanten.
Du hättest gern einen echten Elefanten –
einfach nur so, denn es wär doch ganz cool.
Und er träumt schon lange
vom Garten mit Pool.

Wir strengen uns an
und kaufen uns Sachen
in der Hoffnung,
dass sie uns glücklicher machen:
Wellness, Luxus, 200 Paar Schuhe,
die Konsumgesellschaft kennt keine Ruhe
doch...

Wofür es sich zu leben lohnt
kann dir da draußen keiner sagen.
Drum hat's auch eher wenig Sinn,
den Karotten nachzujagen
die anderen Menschen gut gefallen –
weil wir, wenn wir's dennoch tun
irgendwann auf Mauern prallen
und fallen...

In eine Leere, in ein Vakuum
von unendlicher Schwere,
dem wir trotz vieler Strategien
meist doch nur auf Zeit entfliehen.

Der Bachelor in Betriebswirtschaft,
das Masterdiplom in Philosophie,
ein Doktorat in Naturwissenschaft
oder auch gar keine Theorie
sondern Hackeln am Bau.
Mal nüchtern, mal blau.
Taxi fahren, Post austragen
Drinks servieren, Verbrecher jagen.

Als Lehrer Kinder unterrichten.
Als Rechtsanwalt Streitfälle schlichten.
Für den Staat Beweise vernichten.
Als Reporter im Fernsehen berichten
von einer Welt
in der uns vieles nicht gefällt –
und doch tangiert's uns nicht genug,
dass wir was ändern an dem Spuk.

Wofür es sich zu leben lohnt
das kann dir niemand anderer sagen.
Drum hat's auch eher wenig Sinn
die Gesellschaft anzuklagen,

wenn uns all die Möglichkeiten
oft mehr Stress als Spaß bereiten
und wir in reizüberfluteten Zeiten
eher hetzen als in Würde zu schreiten.

Wenn wir verleugnen und verdrängen
dass wir uns in Schuhe zwängen,
die wir niemals tragen wollten...
bevor Konventionen uns überrollten.

Wir können Bilder malen
oder Bücher schreiben.
Viel reisen oder zuhause bleiben.
Auf Bühnen stehen, fotografieren,
Geschichten erfinden, Songs komponieren.

Comics lesen, Sprachen lernen,
Wolken zählen, Obst entkernen,
Radfahren, Laufen, Surfen, Schwimmen
im Fitnesscenter Muskeln trimmen,
die Nachbarn jeden Tag verfluchen,
wandern gehen, Museen besuchen,
Briefmarken und Pilze sammeln
oder nur am Sofa gammeln.

Wofür es sich zu leben lohnt
das kann dir niemand anderer sagen.
Drum hat's auch eher wenig Sinn
keine Verantwortung zu tragen
für das, wonach dein Herz sich sehnt
und was deine Lippen zum Lächeln dehnt.
Denn wer kann dich tatsächlich zwingen
dein Leben »erwartungsgemäß« zu verbringen?

Reichtum, Macht und Heldentum.
Selbstverwirklichung und Ruhm
oder doch Moral und Wahrheit,
Liebe, Ehrlichkeit und Klarheit?

Freiheit, Fantasie und Fairness,
Kreativität und Coolness.
Humor, Respekt, Zusammenhalt.
Rebellion ohne blinde Gewalt.

Freundschaft, Offenheit, Vertrauen.
Auf welche Werte willst du schauen?
Was kann dir den Tag versauen?
Wo bist du total dagegen und
was kann dich rasch wieder aufbauen
und schützt dich auch im schlimmsten Regen?

Wofür es sich zu leben lohnt
das kannst nur du für dich entscheiden.
Ich glaub, wir sind nicht auf der Welt
um standhaft vor uns hinzuleiden!

Wenn du merkst, es wird zu viel
dann erlaub dir, aufzuwachen –
denn das Leben ist ein Spiel
und es darf dir Freude machen.

Stell dir Fragen, die dich dazu bringen
über all deine Schatten zu springen,
bis in dir die Gewissheit wohnt:
Das ist es, wofür mein Leben sich lohnt.

Weihnachtswunder

Ich hatte seit einigen Monaten kein Reimfieber mehr gehabt. Das gab mir zwar gelegentlich zu denken, stellte aber praktisch kein Problem dar. Die Texte, die ich bereits geschrieben hatte, begleiteten mich von Bühne zu Bühne. Ich hatte wundervolle Momente, gewann mehrere Slam-Abende und durfte sogar an den Landesmeisterschaften teilnehmen.

Ja, ich war glücklich. Und irgendwie gelang es mir, mit meiner Passion auch andere anzustecken und sie zu motivieren, ebenfalls Bühnentexte zu schreiben und sich ans Mikrofon zu trauen.

So durfte ich erleben, wie eine junge Poetin, die ich wenige Wochen zuvor kennengelernt und ermutigt hatte, den Schritt auf die Bühne zu wagen, mich am Tag vor Weihnachten komplett begeisterte mit ihrer souveränen Performance. An diesem Abend feierten auch zwei liebe Freunde ihr Slam-Debüt und ich war richtig stolz, denn beide hatten sich lange Zeit vor diesem Moment gedrückt.

In der Pause unterhielt ich mich mit einer der Moderatorinnen, die wissen wollte, warum ich denn diesmal nicht auf der Bühne stand. Ich erklärte ihr, dass ich das vorhatte – nach monatelanger Schreibabstinenz war mir wieder ein neuer Text gelungen, noch dazu zum Thema Weihnachten – doch mein Name wurde nicht gezogen. Ich wäre aber nicht traurig sondern super glücklich darüber, »meine« Schützlinge endlich am Mikrofon zu sehen und bejubeln zu dürfen.

Und was passierte dann? Die Moderatorinnen beschlossen spontan, mich außer Konkurrenz zur Eröffnung des Finales auf die Bühne zu holen. Begründung?

Ich hätte mich für den Slam-Nachwuchs engagiert und dass dem Publikum vermutlich etwas entgehen würde, wenn mein Weihnachtstext heute ungehört bliebe.

Na, wie hätte ich einer solchen Einladung widerstehen können? Es war ein zauberhafter Abend – und eine sehr stimmige Art, dieses großartige Slam-Jahr zu beschließen.

Ich weiß nicht, zu welcher Jahreszeit ihr diese Zeilen gerade lest, aber falls ihr Bock habt auf einen gesellschaftskritischen Text der mit Weihnachten zu tun hat, dann viel Spaß mit meinem Christkindbrief :-)

Text 12: Liebes Christkind

Alle Jahre wieder...
sucht die Weihnachtszeit uns heim.
Alle Jahre wieder
sprechen Kinder ihren Reim
für Nikolaus und Tannenbaum,
Adventkranz und Geschenketraum.
Für Rengetier und Weihnachtsmann
für Heiligabend und irgendwann
dreht dann auch wer das Radio auf
und es dröhnt »Last Christmas« raus.

Alle Jahre wieder
versuch ich mich zu überwinden.
Alle Jahre wieder versuch ich,
das alles schön zu finden
doch ich *bin* kein Freund der Weihnachtszeit!
Für mich ist Weihnachten, wenn's schneit,
und das tut's seit ich Kleinkind war
nicht mehr dann, wenn sich's g'hört.

Jaaaaa okay – ich gesteh,
der Weihnachtsfrust
beginnt bei mir schon im August.
Wenn ich an der Kassa steh
und Lebkuchenberge seh.

Und kaum ist Halloween vorbei
bei Temperaturen wie Anfang Mai
wird die Ernährung umgestellt
auf Punsch und Kekse, und mit Geld
das wir meistens gar nicht haben
beginnt dann auf der ganzen Welt

das sinnentleerte Weihnachts-Shoppen.
Das kollektive Untergraben
des Rufes nach Besinnlichkeit
lässt sich in der Stadt nur stoppen
wenn's wirklich einmal ordentlich schneit.

Doch davon sind wir weit entfernt,
denn laut Temperaturprognose
brauchen wir auch heuer wieder
keine lange Unterhose.

Auch Haube und Handschuh
kömma uns schenken!
Welch treffendes Wortspiel,
das gibt mir zu denken.

Als »Grinch« mich mancheiner bezeichnet
doch dem muss ich widersprechen:
Kein Fest der Welt will *ich* ruinieren!

Will bloß die Illusion aufbrechen
von der rundum idyllischen, fröhlichen Zeit,
weil das Klischee zum Himmel schreit.
Weil ich den Zirkus nicht versteh –
das, was ich mir wünsch ist: Schnee
... und genau den krieg ich nicht!

Nur, dass mich keiner falsch versteht:
Auf Kälte könnt ich schon verzichten.
Doch der Gefrierpunkt ist recht nützlich
wenn's drum geht, die Welt zu belichten
mit glitzernd tanzenden Kristallen
die lautlos auf die Erde fallen
alles in kühle Watte hüllen

und mein Herz mit Freude füllen.
Denn nur die weiß bedeckte G'stettn
kann mir den Weihnachtsfrieden retten...

Ich merk, ich schweif vom Thema ab,
es sollt nicht bloß ums Wetter gehen.
Mein Blues ist viel facettenreicher!
Wer jetzt gut aufpasst, wird's verstehen.

Denn während in den letzten Tagen
die Massen in Geschäfte trieben
und sich durch Einkaufsstraßen schoben
bin ich lieber zuhaus geblieben,
hab ein paar Kerzen angezündet
und einen kleinen Brief geschrieben:

Liebes Christkind!
Bevor du was sagst – ich weiß, ich weiß,
für die Klimaerwärmung kannst du einen Scheiß
und ja, ich hab schon eingesehen
das mit dem Schnee wird auch heuer nicht gehen.

Doch ob du's glaubst oder nicht
diesmal ist das okay.
Weil ich heuer nicht
trotzig wie sonst vor dir steh
und dir damit auf die Nerven geh
sondern weil ich heuer erstmals versteh
wie viele den Weihnachtsfrieden nicht kennen weil sie...
zurzeit um ihr Leben rennen.

Und die, die schon entkommen konnten
und wochenlang nirgendwo wohnten
sondern marschierten soweit ihre Füße sie trugen.

Hinter sich ein Leben total aus den Fugen
geraten, ohne dass sie das jemals so wollten.
Getrieben vom Wunsch, ihre Kinder die sollten
es irgendwo anders besser haben.
Doch auch hier offenbart sich der Graben:

Weil wir »Let it snow« und »Last Christmas« hören
während Bomben all das, was sie liebten, zerstören.
Weil sie sich voll Angst aneinander krallen
wenn wir zu Silvester mit Korken knallen.

Weil Eltern ihren weinenden Kindern
irgendwie erklären müssen,
dass Menschen in der ersten Welt
aus Spaß mit den Raketen schießen und
Explosionspanik nicht kennen.
Denn sie mussten noch nie um ihr Leben rennen.

Das alles ist mir klar geworden.
Das, und dass bei all den Morden
bei diversen Attentaten
Zivilisten statt Soldaten
für ihr Land gefallen sind.

Und ja, das schockiert uns für einige Tage.
Doch wir vergessen, werden blind
für all die tragischen Verluste
wenn wir nicht selbst betroffen sind.

Geben Millionen aus für Dinge
die wir in Wahrheit gar nicht brauchen.
Raunzen über die Wirtschaftskrise
beim Obst-ins-Schokofondue-Eintauchen
und bedauern, dass uns die Hosen
in ein paar Tagen nicht mehr passen –

weil wir's beim besten Willen nicht schaffen
das Keksefuttern sein zu lassen!

Liebes Christkind,
ich will heuer keine Geschenke.
Ich hab was ich brauch,
bin zufrieden und denke:
Diesmal will ich einfach nur... dankbar sein.

Und wenn am Heiligen Abend,
das schwör ich ganz fest
vor oder während oder nach dem Fest
vor meiner Tür zwei Menschen stehen,
die müde sind vom langen Gehen
auf der Suche nach einem Ort zum Schlafen

sag ich nicht: »Dort bei den Schafen
könnt ihr bleiben, dort drüben im Stall!«
Denn das war vor 2000 Jahren der Fall
und ich würd mich extrem genieren,
ließ ich sie noch einen Schritt mehr marschieren.

Wenn ich mich heute in mein Bett leg
im geschützten, warmen Raum
wissend, dass ich sicher bin
und gleich in einem schönen Traum
dann hoffe ich für alle,
denen dieser Luxus fehlt
dass du, liebes Christkind, Hoffnung bringst.

Denn der Glaube an Frieden ist das, was zählt.
Nur *darum* sollt es zu Weihnachten gehen.
Hey Christkind, wart – ich wünsch mir doch was:
Lass das die Menschheit endlich verstehen!
(Brief: Ende)

Markt und Straßen steh'n verlassen
still erleuchtet jedes Haus.
Der Weihnachtsglanz wird bald verblassen
auch meine Geschichte ist gleich aus.

Doch sollte irgendwer von euch
noch eine Schneeflocke entdecken
bitte einfach an mich denken und sie
in meine Richtung lenken
denn genau so leicht ist es,
Frieden zu schenken.

Ich kann auch anders

Grundsätzlich spreche ich ja Hochdeutsch. Primär aus Überzeugung, weil mir das gefällt. Mittlerweile allerdings auch aufgrund meiner Vorbildfunktion in der Arbeit mit Kindern und weil ich mittlerweile viele Freunde und Bekannte aus Deutschland habe. Ich kann aber auch anders.
Wenn ich von Menschen umgeben bin, die Dialekt sprechen, werde ich unwillkürlich zum Sprach-Chamäleon. Kein Scherz: Setze mich eine Woche in einem anderen Bundesland aus und ich klinge wie eine Einheimische. Meine Eltern lachen bis heute darüber, wie ich mich anhörte nachdem ich als Kind vom Sportcamp aus Kärnten zurückkam.
Und so richtig »g'schert« spreche ich vor allem dann, wenn ich mich ärgere oder genervt bin. Das hab ich vermutlich von meiner Oma. Die konnte das nämlich auch und hatte mich von klein auf sehr geprägt.

Im vergangenen Sommer unterhielt ich mich wieder mit dem Veranstalter des regelmäßig in Wien stattfindenden Dialekt-Poetry-Slam. Er hatte mich bereits zweimal eingeladen und ich hatte bislang abgelehnt, da ich nur hochdeutsche Texte im Repertoire hatte und mir nicht der Sinn danach stand, diese umzuschreiben. Doch als er mich zum dritten Mal einlud, wurde ich weich und sagte zu.

Anfangs hatte ich keinen Plan, worüber ich schreiben sollte. Doch da ich das Thema Dialekt so stark mit meiner Oma verband, entschied ich mich schließlich für einen Text über uns beide.

An dieser Stelle ein Hinweis für alle, die des ostösterreichischen Dialekts nicht mächtig sind: Versucht es trotzdem. Wenn ihr gar nicht klarkommt, könnt ihr mir ein Mail schicken und wir machen Vokabeltraining.

Text 12 plus 1: Gänseblümchen

»Oma, loss des stehn
und setz di her do kurz zu mir!«
I nimm mein Laptop, klapp eam auf,
klick zwamoi und präsentier
die Website auf der meine Slamtexte stehn.
Jo, de san im Internet und
jo, des kaun a jeder sehn.

I schau da zua, wiast die Zeuln verschlingst
voi konzentriert und superschnö.
Du nickst, du lachst, dann schaust mi au
und sogst: »Des is super, waast des eh?!
Do draußen gibt's so vü Potschochta
owa i hob a blitzgscheide Enkeltochta!«

Du bist so stoiz, des kaun I sehn
und sogst du wiast boid amoi gehn
zu so am Slam, weust scho neigrig bist.
I werd di erinnern, wenns wieda soweit is.

»Oma, loss des stehn
kumm I hob net so long Zeit!
Zomrama kannst a späda,
I bin glei wieder weit
weit weg, in meina Wöd.
Jo na, geht ma guad,
hob vü z'tuan, z'wenig Göd
jo passt scho, manchmoi is hoid hoat
owa waast eh, i pock des immer.
Weu waun ma an wos glaubt,
dann wird's besser und net schlimma.«

Du schaust mi au mit traurige Augen
ois wissast nimmer, wos I man.
Deine Tog und Nächte saugen
di aus, des siech i da an
und waun i frog wia's da geht.
sogst ma:

»Ois is oasch ...!
Waast, friara woa's besser
manchmoi hoid i's echt net aus.
Seit er weg is, is so stü
dass i am liabsten schreien wü.
Mog nimma rean und nimma denken.
Daun geh i ausse in mein Gartn,
muas mi irgendwie oblenken –
mei Leb'n hot sein Sinn verluan...

Die Nochbarn nua deppat
de Hackla san z'laut,
die Autos foan z'schnö,
de Heisa schiach baut.
Die Leit san foisch
und fett und bequem.
Des Essen is teia und verseicht.
Olle korrupt im Gesellschaftssystem.
Und Schreibm und Rechna
foit aa kaan mehr leicht ...«

Du steigerst di schon wieda eine
in des Elend dieser Wöd
und regst di über ollas auf,
was die Zeitung so dazöht.
I probier neutral zu bleibn
di aufzumuntern irgendwie,

doch waun i merk es g'lingt ma net
dann sog i »tschüss« und bin dahi.

I waas i soitat efta do sein.
Soit zuahearn wonnst vom Kriag dazöhst
und di hoidn wonnst waanst
waunst vom Opa redst
und di moi wieda zu vü quööst.

Zu Allerheilign woast bes,
weu kana mit dir zum Grob gongan is.
I waas du hättst mi bei dir hom wolln
und I hätt dann net bled mit dir streitn solln
sondern glei des sogn, worum's letztlich ging:
»Nächstes Joa, Oma, do geh i hin ...«

Und des Versprechn hob i ghoidn –
des ollas woa... vor knapp an Joa.
Heier bin i do am Grob.
Waun a net so wias ausgmacht woa...
I homma docht i leg mein Oam um di
wemma do vorm Opa stehn,
an dem Tog an dem die Leit hoit
Verstorbene besuchen gehn.

Gedankenverlorn dreh i
a Gänseblümchen zwischen di Finga.
Des hob i gsegn am Weg doher
und homma docht, des wü i bringa.
Auf dem Grobstaa steht dei Name.
Drunter a Datum des ma sogt
a waun i's no immer net glauben mog –
dass i seit März a ka Oma mehr hob.

Scheiße... Oma, i vamiss di!
Immer wieder, afoch so.
Mecht da so gern ois dazöhn
owa du bist nimma do...
Und während i do steh
und wortlos Dialoge fiar
gspia i in mia ganz genau:
Mei Oma is net wirklich hier.

Weu auf der faulen Haut rumliegen
das woa dir immer scho a Graus.
I schätz du grobst im Himmel um
reißt gekonnt des Unkraut aus
schaust, dass de Samen guat überwintern
und mochst de ondan Leit do obn
jedn Tog Feia unterm Hintern.

Muas immer wana und lochn
waun i an di denk,
weu dei Enkelkind zu sein
des woa a wirklich guades G'schenk.

Woast a richtig wüde Henn!
Bist damois in de Sechzger
ois gschiedane Frau Motorrad gfoan.
Host zwa Kinder groß zogn,
die net unterkriang lossn
und woast scho mei Heldin
kaum woar i geborn.

Du host imma an mi glaubt
waun ondre mi belächelt hom.
Du woast imma stoiz auf mi
host mi aufs Podest gehobn.

Und waun i verzweifelt bei dir gsessen bin
host gsogt: »Owa geh – mia zwa kriang des hin!«

Bei deiner Grobred hot di Mama gmaant
du woast so wia a Gänseblümchen:
Kla, owa stoak.
Unbezwingboa und wüd.
A ewig treuer Frühlingsbote
der bis in November eine blühd.

Waun i seither a Gänseblümchen seh
bleib i kurz steh.
Und dann werd i ganz stü,
weu i afoch ned weidagehn wü
ohne fest an di zu denken
und dir egal wo'st du grod bist
a Lächeln und ganz vü Liebe zu schenken.

Steh immer no do vua eicham Grob.
Leg's Gänseblümchen zärtlich hin.
Küss den koidn, weißn Marmor.
Zupf die Pflanzn zrecht
weu I so wie du bin.

»Pfiati God!«, hätt da Opa gsogt.
I hoff eam geht's guad, und dir jetzt aa.
I wünsch ma so sehr dassd jetzt glicklich bist
und nie nie mehr wieder ganz alaa.

Nachwort

Das war Episode 1.

Ich hoffe, sie hat euch gefallen und ihr freut euch schon ebenso auf die Fortsetzung wie ich! Wann und in welcher Form Episode 2 erscheinen wird? Naja, sobald es wieder genug neues Material gibt ;-) Keine Sorge, ihr werdet es erfahren.

Achtung, der folgende Absatz enthält Produktplatzierungen

Ein Tipp für Insider und solche, die es nun gerne werden wollen: Einfach *www.reimfieber.com* folgen und/oder *www.facebook.com/reimfieber* abonnieren – dann seid ihr immer auf dem neuesten Stand.

Alles Liebe!!
Sabine

PS: Wenn ihr mich einmal irgendwo auf der Bühne seht, kommt danach zu mir und sagt »Hallo«! SlammerInnen sind auch nur Menschen und meistens zahm, v.a. wenn sie davor mit Applaus gefüttert wurden ;-)

Über die Autorin

Sabine Sobotka wurde 1983 in Wien geboren, wuchs in Niederösterreich auf und zog nach Absolvierung eines Studiums der Wirtschaftswissenschaften in der Steiermark wieder nach Wien, wo sie seit 2007 lebt.

2013 kehrte sie dem Büroalltag in der Marketingbranche den Rücken und begann, Lehramt zu studieren. Ein Jahr später lernte sie Poetry Slam kennen – und es wurde Liebe daraus. Wenn sie nicht gerade selbst auf Bühnen steht, arbeitet sie daran, Poetry Slam bei Jung und Alt bekannter zu machen.

Die zweifache Siegerin des PH-Slam in Wien veröffentlichte im Jahr 2015 ihr erstes Buch und slammte in Radiosendungen. 2016 feierte sie ihr Lesungs-Debüt. Als Pädagogin bringt sie Lehrpersonen den Einsatz von Poetry Slam im Unterricht bei und hält Workshops für Kinder, Jugendliche und Erwachsene.

33223484R00063

Printed in Poland
by Amazon Fulfillment
Poland Sp. z o.o., Wrocław